孤獨課

learnings
from
solitude

亞然

目錄

I 讀書的路途

II 生活的乾澀和快樂

III
我的 comfort zone

IV 只能相信百年之後

那一年的旁聽生

◎馬家輝

那一年，我在香港城市大學替本科生開了一門跟閱讀和出版有關的通識科目，早上九點鐘的課，每個星期三掙扎起床，痛苦難堪，偶爾遲到，非常不好意思。準時的倒是一些學生，尤其是旁聽的學生，從中文大學來，從香港大學來，我的「人氣」，嘿，是不錯的。

有位香港中文大學的研究生，來自上海，據後來她說，每周三她清晨六點半起床，老遠來到九龍塘，放下書包占了前排位子，然後到餐廳吃早點，然後前來專心聽課。畢業後她回到上海，與我和張家瑜成為朋友，並開展了不少文化活動的合作項目。旁聽的緣分，可以由淺入深。

另一位結緣的旁聽生便是關仲然（亞然），Tommy，而我慣稱他做「Tommy仔」或「四眼仔」。

那一年，他仍是香港中文學大學的本科生，高，瘦，斯文，俊朗，戴眼鏡，打扮時髦而得體，坐在位子上沉靜地聽著我在講台上侃侃而談，看在我眼裡是非常硬核的文青。課後他趨前跟我聊天，後來，再聊，再聊，又再聊，相約吃飯見面，交上了朋友。但與其說是聊天，毋寧說是我講他聽，我比他整整年長三十歲，或者我們面對長輩都是這樣的，都是聽的多而說的少，尤其面對像我這樣的放肆系長輩，我口沒遮攔，我口若懸河，我口水多過浪花，他就只安靜地專心地聆聽聆聽再聆聽，點著頭，用笑聲回應我的無聊笑話和粗鄙髒話，扮演著稱職的「獨家聽眾」角色。

再後來便不止是聽眾了。我們經常見面，甚至我和妻子和他和他的女朋友會結伴到外地旅行，而有些適合的文化演講活動，在香港或台北或中國大陸，我找他跟在身旁做臨時助理，既可幫我忙，也讓他有機會見見世面與人情；我有時候發他工資，有時候沒有，但不管有沒有他都會禮貌周周地傳訊表達「感謝帶我開眼界」之類，懂事得有著跟他年紀不太相襯的世故。

大學畢業後的Tommy仔前赴英國攻讀碩士，我猜想只是一兩年的短期進修，學成回港他便會投入工作，或考政府AO（編按：Administrative Officer，又稱為「政務官」，薪高糧準，是很多人夢寐以求的工作），或做傳媒記者，或變身公關，總之憑藉他的人脈和才能不難找到冒升的出路，而到最後，如果運氣不太壞，自能指點江山、名成利就。我對這位求知欲旺盛（他是書迷，見書必讀）、EQ人緣強勁（他成功爭取了許多出版和傳媒機構的實習機會）的年輕人懷抱信心。可是，我錯了。碩士課程結束後，關仲然決定繼續升學，讀博士，做研究，在學術領域漫遊探索。Tommy仔沒有走上KOL（編按：Key Opinion Leader，即意見領袖、網紅）之路，可能因為那太容易了，不好玩，不刺激。他選擇的是另一條更為艱難的道路，——他要做讀書人，說嚴重些，是想做知識分子。

這可是認真而嚴肅的承諾啊對於他自己。關仲然在書裡是這樣表白的：

「選擇讀博士的都是成年人，每個選擇都應該是思前想後的結果，選擇了就好好走下去，才算對得起自己。或許幾十年前，還有讀大學、讀博士是『天之驕子』的神話，但今如果仍然幻想博士畢業之後可以輕易取得終身教席、可以立即升上神檯前途一片光明的話，其實跟相信『大賭可以變李嘉誠』沒有兩樣，做博士研究，走學術路當然困難，但只要我們對自己有要求、對生命認真的話，其實都一樣困難。無論讀博士研究，抑或上班工作都無分別。」

是的，選了，便得走下去，而且要用力地走下去，所以關仲然在英國讀書的日子裡，努力讀，閉門讀，如他說，「我選擇了走讀書的路，讀書就是我的工作，所以必須拚命去讀，將書單上有的都讀完，那時候，雖然一個星期只得兩天有課，但那兩天也是我唯一會步出宿舍的日子。」

然而書房以外的世界畢竟仍在召喚青春，或因拍拖訪友（所以V和K經常出現於他的筆下），或因旅行行走（所以他寫了艾雷島和東京），或因出席會議（所以他會突然現身於蘇黎世），或因研究撰述（所以他在台灣和德國住了好一陣子），關仲然的留學腳印經常以不同的理由延伸到地球的不同角落，他去看、去聽、去觀察、去體會，用讀書人的身分去跟世界對話。而無論是在書房以內或以外，是忙碌是悠閒，是沮喪是歡欣，他都跟一些自小養成的文化品味和生活嗜好不離不棄，如品鑑威士忌，如觀賞英國足球，如聆聽古典音樂，他享受、思考、分析、討論，用讀書人的身分去跟它們相處。

這便要談我曾向Tommy仔說的一句話：「攻讀博士，真正意義並非為了選擇將來要做什麼職業，而是選擇一種精神生活方式。」Tommy仔當時略帶微笑地望著我，沒說同意，也沒說不同意，他總是那麼沉靜，從踏進我的教室到坐在我家客廳，從做我的旁聽學生到成為我的忘年小友，都沒變。

《孤獨課》正是一位年輕讀書人的精神生活方式的文字記錄。過去幾年，關仲然處於外地留學的遊走狀態，知識是他的核心養分，並由此衍生枝葉，透過書寫，在不同的香港媒體上向他的同輩讀者展露容顏。日後的關仲然肯定會繼續寫寫寫，寫出更多的或許更深刻的文章和論著，但日後的挑戰和磨練亦必更多更難，所以，作為他的第一本書，《孤獨課》的難得意義在於記錄了他的「純真年代」，讓讀者看見並伴隨他的精神浪蕩。是的，讀者。不一樣的讀者有不一樣的心情。資深讀者如我讀了，最強烈的感覺是羨慕甚至妒忌，年輕真好啊其實自己也曾有過這樣的年輕，可惜已經回不去了。青春讀者或許如你，讀了，如果你亦是跟關仲然類近的讀書人，想必能有深刻的共鳴，暗暗感動於原來世上確有聲氣相投的陌生同志。

而於若干年後，當關仲然不再年輕，當他站到學院講壇，說不定亦會瞄見最前排坐著一位旁聽生，用他昔日所曾擁有的青春眼睛仰望台上，下課後，亦會趨前跟他聊天，然後成為他的忘年小友，並且選擇相同的讀書人的道路。只因旁聽生曾經讀過這本《孤獨課》，興起了他在書中序裡所寫的相同念頭，「即使年代已經不同，我也想過一次像他們筆下的留學生活，然後把自己的留學生活記錄下來。」

一代連一代的讀書人的精神生活，確是常用這樣的方式記錄和傳承下來的。而讀書人，其實從來不曾孤獨過。

（馬家輝，1963年生，香港作家。台灣大學心理學系畢業，美國芝加哥大學社會科學碩士，美國威斯康辛大學社會學博士。著作有《死在這裡也不錯》、《愛江湖》、《回不去了》、《中年廢物：唯有躲在戲院裡》、《愛上幾個人渣》，以及《龍頭鳳尾》等。）

重回對這個世界的初衷

◎張鐵志

一個熱愛讀書與寫作的文藝青年，一個學習政治學的知識青年，一個關注現實的行動者。這是我曾經仰望的許多前人的形象，是我曾經的面貌（我現在是「中年」），而比我小二十歲的香港作家亞然如今也在這條路上。

這本文集寫他對香港與短期旅居台灣的生活所思，思想世界的體悟，留學倫敦的政治與文化觀察。捧讀書稿，讓我充滿了一種對知識與世界最原初的興奮，也想起自己的青春。

我們二十歲的青春微熱時刻，是屬於各自島嶼的特殊歷史時刻：這幾年的香港從二〇〇八年的反高鐵運動開始（也可更早推到二〇〇三年的七一遊行），一整個年輕世代捲入決定香港民主前程的鬥爭當中，爭取香港的自治與民主，不甘於被外來力量決定這個島嶼的命運，二〇一四年底的雨傘運動是這個反抗力量的高潮。運動並未成功，此後，運動的激進化、北京的嚴厲打壓，與民眾的挫敗感交織著。（我很幸運在二〇一二秋天到二〇一五年住在香港擔任《號外》雜誌總編輯，得以見證、紀錄與介入這段香躁動港的歷史。）

我的青春則是在後解嚴的台灣。彼時威權已然崩解，但民主前景還充滿不確定性。大學那幾年，從地下音樂到酷兒文化崛起，我熱切地參與學運，囫圇吞棗地汲取一切關於台灣與世界的各種知識。

世界逐漸成形。

而後，亞然在二十出頭就到了倫敦學習政治學，在這個偉大城市中，學院內外的智識與文化氛圍滋養了他。而我後來也去了另一個偉大的西方城市——紐約——攻讀政治學博士，只是出發時已經三十而立。但那這城市依然狠狠地對我進行了大學之後的二次啟蒙：思想的、政治的、文化的和我所熱愛的搖滾樂。而我在紐約書店、雜誌、藝廊和搖滾酒吧當中所被啟發和衝擊的，不亞於在哥倫比亞大學學院中所學習到的。

正是在紐約，在哥大旁的一家咖啡館中，我出版了第一本書《聲音與憤怒：搖滾樂可以改變嗎？》。其後我的人生開始從學術追尋擺盪到另一個世界：一個虔誠的寫作者，這是人生的意外。

亞然現在也是同時從事媒體書寫和學術研究。我相信他不會像我是一個無法並進的失敗者，而可以兩者兼顧，並讓兩者彼此互補：在學術研究中融入現實的感受，在隨筆雜文中放入知識的魅力。這也是本書的清新與迷人之處。

祝福這位二十五歲的知識青年，也謝謝他用他青春之眼帶我們重溫對於這個世界的初衷。

（張鐵志，作家，媒體人。曾任香港《號外》雜誌總編輯、《報導者》總主筆、《數位時代》首席顧問等，現任職於文化總會並兼任《Fountain新活水》總編輯。著作有《聲音與憤怒：搖滾樂可以改變世界嗎？》、《反叛的凝視》、《時代的噪音：從狄倫到U2的抗議之聲》、《燃燒的年代：獨立文化、青年世代與公共精神》及《想像力的革命：1960年代的烏托邦追尋》。）

自序

緣起：踏上讀書這條路

關於這本書、關於自己，大概要從如何踏上讀書這條路開始說起。

中五會考之後（我是末代會考生），等待放榜的幾個月百無聊賴，誤打誤撞在書店買了陳冠中的小說《盛世》來讀（說是誤打誤撞，因為以前走入書店，大概都是跟家人進來，自己走去看文具玩具打發時間，看書從來都是其次），認真一讀之後，發現讀書原來如此有趣。

你可能會問，為什麼是《盛世》？為什麼是中五之後？我只能說，啟蒙就是這樣一個過程，很隨機、很spontaneous。讀完《盛世》之後，立刻再找陳冠中的其他書來看，然後又慢慢讀其他的作者，像董橋，像馬家輝，像梁文道等等，都是精采的散文、鏗鏘的評論，就這樣不經意的打開了讀書之門。現在回看，我的讀書之門的開啟是非常的「本土化」，都是從香港作家開始。

我的興趣和方向，都是靠著讀書而慢慢摸索出來。讀書就是這樣一回事，每讀一本書，總會令你知道下一本應該讀什麼書，一發不可收拾。所以，如果《盛世》是一個開始的話，那麼當時對我最重要的一本書，就是周保松教授的《相遇》。我是讀了《相遇》之後，才讓我以進入中文大學政治系為目標。周生所寫的是對政治、對社會，以至對人生的思考，都是我讀大學以前沒有想過的事。愈是有所思考，愈需要通過閱讀來補充思想上的缺乏。畢竟過去在中學的時候，選了以為是「更有型」的理科，日常進出的是實驗室而不是圖書館，除了勉強死記硬背過一些化學元素和方程式外，腦裡面幾乎一片空洞。

喜歡閱讀不一定喜歡寫作，但喜歡寫作的很難不喜歡閱讀，否則沒有半點墨水，想寫也寫不出來。我走上寫作的路、將思想感受訴諸文字，其實比開始閱讀來得更無厘頭。中學時候討厭作文，無論是考試抑或功課，作文不及格都經常發生。但從小到大，都聽過父親說報紙有「投稿」這回事，因為他常常都說很久以前曾經投過稿也刊登過，這是一件「威水事」。

然後在十七歲、就讀中六的時候，發生了「三聚氰胺毒奶粉事件」，趙連海的兒子是受害人，爸爸提出申訴反而遭判監。放學回家的時候在火車上看到相關新聞報導，那時還年輕，覺得世界豈能如此不公，心裡有種書寫之必要，所以回家之後立即坐在電腦前面，草草寫了一篇五百字的短文，然後投稿給《明報》副刊的「自由談」。寫完寄出之後一直沒有任何音訊，那時候我也沒有每天追讀副刊專欄，所以就此作罷，反正是那一刻覺得義憤填膺，不吐不快，既然吐完也就算了。

就這樣過了大概半年之後，無端端收到編輯電郵，向我索取個人資料，原來文章很久以前就刊登了，要發稿費給我。那時候我還未成年，連銀行戶口也沒有開。當收到稿費之後，發現自己所寫的文字原來可以刊在報紙上，從作文不及格到可以在報紙上寫東西，寫作忽然之間為我帶來很大的成功感。自此以後開始不斷寫作，也從寫作之中得到很大的喜悅。雖然那時候寫的文字，現在看起來是絕對的不堪入目，但感激那時候的編輯，他們的一個決定改變了我很多。

回到讀書。在閱讀過程中，很多我所喜歡的作家都會寫他們年輕時在外地或生活、或留學中的人與事，像董橋、李歐梵、周保松、馬家輝、雷競璇等等等等，他們都貫徹了一代又一代留學生書寫留學生活的傳統，這些「留學文學」的文字都打動著我。

我想，即使年代已經不同，我也想過一次像他們筆下的留學生活，然後把自己的留學生活記錄下來。最後我來到英國留學，選了在亞非學院讀研究院，在書店在球場在酒館、在圖書館在音樂廳，度過了很多個白晝和夜晚。這本書的文字，也是寫在這些地方所遇到的人與事。

離鄉別井身在異地，英文是diaspora，這個英文單字看起來總是帶點無以名狀的滄桑感覺。獨個兒在外地讀書生活，因為你不是本地人，無論你如何打破語言的界限、怎樣融入當地的生活之中，你始終都會跟那個不屬於你的城市保持著一種距離，慢慢成為了繁華鬧市中的一座孤島。

但這種距離也不必然是負面的情緒，因為你同時擁有一種近乎沒有規範的自由，通過這種自己與所住的城市之間的距離、自己與我城香港的距離，無論在生活上抑或思想上都保持一種清醒、得到更多空間。而這本書的文章，就是以一個孤獨的、diaspora的視角，記下在留學生活中所遇到的人與事。

全書分成四個主題，寫讀書的路途、寫生活日常的乾澀和快樂，也寫我在研究生活以外所開闢的comfort zone——音樂，還有我始終最關心的政治。因為都是在留學讀書的時候書寫，所以歸根結柢，「讀書」是貫穿全書的重要主題，或者應該說，我的身分本來就是讀書人，所踏上的也是讀書這條路。文章是近兩年所寫，主要寫在倫敦，也有一部分在臺北和香港書寫。

因為踏上讀書這條路，所以才會打開一道又一道的門。這段路我只是剛剛開始走上，而這本小書是我讀書生活中的一點記載，也標誌著這個旅程的開始。

是為序。

I

讀書的路途

孤島

讀書研究的生活必須規律，無論在倫敦抑或臺北都一樣，都是起床、吃飯、工作，然後回家；聖誕也好佛誕也好，都跟我們沒有關係，因為研究生的日曆每一天都是黑色的：沒有假期、沒有休息。

做研究的生活規律之餘，而且孤獨，當臺灣的麥當勞最近也可以自助點餐的時候，真的可以一天到晚完全不用開口說一句話。所以no man is an island這句話其實不對，每個研究生其實都是一座寂寞的孤島。

難怪久不久就有報導說，要多多關注研究生的心理健康，最近美國有研究發現：研究生比一般人感到抑鬱焦慮的機會超出六倍。人的情緒就像一個循環，總會有固定時間的潮起潮落。我的專欄一直以來都寫讀書的生活，讀者或多或少應該捕捉得到我最近的情緒狀態處於什麼位置。

我在臺北住古亭，工作的地方在大安，之前氣溫還在三十度以下，可以穿過大安森林公園慢慢走到辦公室，總見到一群大媽聚集晨運、幾隻松鼠跑來跑去，還有一對又一對的男女或男男、女女在拍拖在親熱。但六月未到，臺北已經熱得像火爐，看新聞說今年臺灣香港都一樣，都是破紀錄的炎夏。一到室外已經全身濕透，幾乎立即溶掉，我差點以為自己是瑪利歐，去了會噴火有熔岩的世界。

因為只在臺北待半年左右，可以租住選擇的地方都沒有太多，最後選了一間小小的劏房，就在一棟老舊的大廈裡面。房間樓底很高，臺灣人說這些是「樓中樓」，床就在閣樓上面。對於常常在家工作的人來說，書檯跟床的距離還是愈遠愈好，分成兩層就最好不過。不過劏房沒有窗口，外面天晴抑或下雨都不知道；而且沒有廚房，一天三餐都要在外面解決，思考「晚餐吃什麼」就成為每日最大的難題。

讀書人容易覺得孤獨和失落，不過反過來也一樣容易快樂和滿足，到書店逛逛然後捧著一堆新書回家就是最好的方法。最近讀江勇振教授寫的《舍我其誰：胡適》（剛剛出到第四部）讀得入神，讀胡適先生如何走上留學的路，又如何從修讀農學轉到哲學。胡適是留學生，我也是留學生，就算永遠不可能成為胡適，也要以胡適先生做為目標，奮鬥一下。

最近還有一件小事為我的苦悶生活帶來一點歡樂。在臺灣消費，無論飲食玩樂都總有張發票（即單據），臺灣人總會蒐集這些發票，為的是參加由政府舉辦、每兩個月一次的發票號碼大抽獎，特別大獎的獎金是一千萬新臺幣。

去過我住處的朋友都笑我像獨居老人，因為我有個裝滿發票的信封，而且每晚回家之後，總會將當日的發票資料輸入手機的「雲端發票ＡＰＰ」，方便「對獎」。最近終於開獎，在我一共百多張發票之中，有兩張中了「六獎」，共得四百元正，真是可喜可賀，對嗎？

大留學潮

眨眼來了倫敦差不多三個月，開學之後一直大忙，讀了很多課程相關的書和文章，充實到不得了。因為忘我投入學海，很快就適應新生活。這裡的生活簡單，就是讀書和照顧以往不需自己照顧的三餐飲食，即買菜煮飯。機械一般的生活，日復一日，時間轉眼就過。

身邊大半的同學都來自不同國家，大家最常講的都是記掛自己老家，念茲在茲的都是家人和朋友，還有天氣和食物。我還記掛以前常常流連書店的日子，來回掃射「豬肉檯」上的變化，哪本書是新出版、哪本書搬上架了，基本上都掌握一二。現在要在倫敦讀新出版的中文書，動輒要女友寄包裹飛越半個地球才能讀到，運費跟書價看齊（甚至更貴），實在太過奢侈，所以至今只寄過一本、讀過一本。寧願寫下書單，待回港之時才買過痛快。而那本越洋寄來的書，是和自己非常貼切的一本書——《大留學潮》。

貼切因為自己是個留學生，而今時今日也是千百年一遇的「留學大潮」。二月（二〇一五年）的一期《經濟學人》，指在二〇一三年尾，世界各地的中國留學生數目接近一百一十萬，是史上最多。單計在美國就讀學士學位的中國留學生就超過十一萬人，非常嚇人。《大留學潮》的作者張倩儀（前商務印書館總編輯），寫的不是今時今日的留學大潮，而是寫那動盪到不得了的二十世紀初。單論人數，那時的留學生數目比現在少千百倍，但對中國的影響卻大千萬倍。

現在的留學生，是為了求學求知識，說穿了是求一張「沙紙」；當年留學生想的卻是救國救民，希望學習別國之長、補中國之短。一九〇五年科舉制的結束，標誌著海外留學潮的開始，書的其中一節「新科舉洋進士」，點出了留學生的菁英地位，相當於科舉制下最高級的進士。清末民初的中國菁英，第一等是出國的留學生（特別是得到公費資助留學的學生）；而次一等的菁英，就要數在國內大學讀書的學生。

兩種菁英的其中一大分別，是學生的心態，而這又可見於內地大學的特色。中國第一代翻譯家嚴復的孫女、現在於加州伯克萊大學任教的學者葉文心，研究民國時期的大學。她所寫的《民國時期大學校園文化》就講了民初時期，不同院校的獨有文化。像聖約翰大學，是典型的菁英西化學校，一般學生都不熱中政治，讀課程主要關於英文訓練和科學學科。即使對社會事務較關心的復旦大學，後來亦因為經費問題，提供更多與職業訓練相關的課程，吸引更多學生報讀，增加學費收入。復旦將重心由社會學科主導改變為職業導向，犧牲的就是相對關心政治的傳統。

至於出國留學的菁英，可以說是任重道遠。一方面學習現代化的知識，希望拯救陷於水深火熱的中國，從登上輪船開始已經滿腦子科學救國、實業救國等理想，他們就是打開長年封閉積弱的中國的一道鑰匙。無論這些留學生是否意會到這份責任，他們的一舉一動都影響外國人對中國的印象。

當時留學的難度，相比現在都困難得多，無論是飄洋的旅程抑或經濟狀況，跟今天的「留學」都不能同日而語。

今天坐十多個小時長途機已經覺得痛苦不堪，那時候要到歐洲，就要坐船經印度到非洲才能進入歐洲，頭暈嘔吐是肯定的。至於在外地生活，像打理家務、煮飯煲水，在當時中國男女性別定型之下的年代，處理這些家務不單單是「由零學起」，更要衝破心理障礙、突破男女之間的想像。就算是全國最菁英的救國青年，都要做家務。

民國初年，中國國力疲弱得很，要出國留學談何容易。書中提到當年家境不俗的巴金，想要留學法國也幾乎要傾家蕩產，所以巴金的哥哥曾經勸他暫緩計畫，待家庭先儲點錢。但做為幼子的巴金堅持到法國，他哥哥也只能放棄前途，全力資助老弟留學。巴金去到法國之後，哥哥寫信問他外面世界究竟是如何，希望巴金分享一下。大哥為了成全老弟的理想而犧牲自己，這是兄弟之情，也是余華小說《兄弟》中的：「即使生離死別，我們還是兄弟。」

留學不容易，更遑論救國。不過如果我們不是將救國理解為那種「超級英雄式」

的拯救世界，單單是出國留學、開開眼界，已經是踏出救國的第一步。像當年的其中一個留學熱點——法國，留學生對法國的最深印象，不是花都的浪漫，而是當地中小學對學生的管理。像寄宿學校中的嚴格作息時間、注重清潔衛生等，這種劃一的規律，對當時留學生來說是難以想像的。但一個國家要富強，良好的國民質素是首要條件。這也解釋了蔣介石的南京政府，為什麼在一九二〇年代取得政權之後推出《新生活運動綱要》。這份綱要所要求的，就是衣食住行都要有規律，然後再談禮義廉恥。

大學生是浪漫的（前香港中文大學校長沈祖堯說），留學生在外地應該更加浪漫。書中提到胡適先生在美國讀書時，他在一九一六年，分別收到一千二百一十封信和寫了一千零四十封信。即使今日科技發達，留學生也未必常常跟老家親人朋友聯絡，遑論書信，但胡適就平均一日寫近三封信。這千多封信中，又有多少是情書呢？

提到留學的浪漫，不得不談徐志摩，因為他跟劍橋的浪漫故事實在是個美麗的誤會。讀劉禾教授的《六個字母的解法》時，就有講到徐志摩的故事。首先，他在英國的時候不是劍橋大學的正式學生，他只是國王學院（King's College）的特別生，徐志摩大部分的時間甚至是住在距離劍橋頗遠的小鎮Saxton，所以徐志摩究竟在劍橋逗留過幾長的時間，都值得疑問。另一個誤會，是徐志摩推崇備至的康河，也一點都不浪漫。因為這條河是劍橋裸體協會的活動熱點。當徐志摩說「甘心做一條水草」的時候，其實同時有很多人在水草間裸泳，或許也是這個原因才令徐志摩如此「甘心」。

上一代國人的留學故事，其實都不是徐志摩的康橋故事。因為當時的時代背景，本身已經很困難。他們代表的中國，不是今天僅次於美國的世界第二大強國，而是面對列強瓜分的中國；他們就算得到國家的公費資助，其實也只是國家打敗仗的庚子賠款，所以胡適才會說「留學者我國之大恥也」這句重話。這是上個世紀的留學歷史，也是今個世紀中國留學生所不能想像的歷史。

在倫敦的半年

V，帶來倫敦的那疊信紙，轉眼寫剩幾張，提醒我在這個跟香港很相似的城市已經生活了半年有多。離開香港之前，跟你許下承諾，要每個星期跟你寫一封信，除了交功課那幾個忙到發瘋的星期之外，我也守了諾言。對上的幾個月，很投入地沉浸在學術當中，是我讀了二十年書以來最專注的幾十個星期，為了讀完那些根本不能讀完的reading，很多時候連續一兩天都足不出門，最多只會推開房門，走到那個共用的廚房煮點東西餵飽自己。所以你常常帶著奇怪的語氣，在電話筒裡問我，為什麼每個星期都要從宿舍走一大段路到郵局，再排長長的人龍去買一枚一·三三鎊的郵票，而不一次過買十枚八枚方便自己。其實就是為了每個星期一，找個藉口，離開那狹小的房間，呼吸一口大英帝國的自由空氣。

這幾個月的時間，除了錯過區議會選舉和立法會補選的投票之外，其實還是時刻留意著這個伴我長大的香港所發生的大小事，甚至覺得比以往有更清楚的了解。或許是生活的距離遠了，看的角度闊了；又或者因為有了「時差的優勢」，你知道現在香港發生的大事通常都發生在深夜凌晨，無論是搞革命抑或是政府炒高層，都喜歡選擇午夜場時段。就是因為在倫敦，我可以透過現場直播看看香港又發生什麼事。

不過，當見到香港好像變得愈來愈沒有希望，跟外國朋友聊天他們又總為香港感到擔心和不安的時候，就會因為自己沒有置身其中而感到一種無以名狀的內疚。唯有每次都安慰自己，就算人在香港其實也沒有多大作為。要高呼勇武的話，留在倫敦坐在鍵盤前大叫，也一樣結果，一樣方便。

說是一年的課程，要上的課其實半年就完成，現在只剩考試和論文，時間也鬆動一點，終於可以感受一下這個城市的美好。至少終於有閒情逸致，走進我學校亞非學院旁邊的大英博物館蹓躂一下。另外，我最近也迷上了古典音樂，發現了一個買音樂會門票的網站，以四、五鎊的學生票價就可以入場。倫敦是個欣賞古典音樂的好地方，除了有五大樂團（倫敦交響、愛樂、倫敦愛樂、皇家愛樂、BBC），也有好的書店唱片店去營造一種文藝的氣息。因為有了一種嗜好之後，就會有一股希望不斷知道更多的動力，只有找相關的書來讀才能達至滿足。查令十字街上的書店Foyles，就是我最鍾意的書店。在搬到現址之前，幾個鋪位旁邊的Foyles老店，是董橋形容為「世界最大的書店」。現在新的Foyles就算不是世界最大，至少每個類別的書都很齊全，由宿舍走到唐人街，吃碟好像比香港還要好味的叉燒燒鴨飯，然後到書店「打書釘」（編按：香港俚語「看白書」之意）、買書，這樣就是最好的一天。

從書店走回宿舍，總經過那位每晚都在羅素廣場站外擺賣熱狗的大叔，記得去年聖誕你來探我的時候，天氣太冷，我們忍不住買了一隻並且就站在旁邊吃完，太多的茄汁還滴污了鞋。九月的時候，你也過來讀書，我們再買熱狗，好嗎？

漂泊生活

V，倫敦的郵票原來加了價。兩年前還在讀碩士，每個星期都寄信給你，寫完信之後就從宿舍走落山去郵局買郵票，那個時候一枚郵票一．三三鎊。總覺得要寫信寄信才算是個真正的留學生，一百年前，胡適先生在美國留學，單在一年時間，他就寫了一千零四十封信。

剛過去一年，你也來了讀書，一起生活。一年時間很快就過，你也畢業回香港了。我在英國這邊還要多待一會，然後明年去臺灣做研究，那個時候專欄名稱大概也要改改名，叫「臺灣通訊」了。讀書做研究的生活就是漂泊，有朋友今年到德國讀研究院，女朋友到機場給他送機，他在facebook說了一句「上路了」，讀起來就覺得感傷。人在外面，居無定所，每隔幾個月就要搬家。每次搬家都頭痛不已，我的家當都是書和酒，都是最重最難搬。

你和我又再分隔兩地，又是那種你睡覺時我吃晚餐、我睡醒時你吃午餐的時差生活。用著之前剩下的幾張信紙，給你寫信。我本來還數好散紙，齊齊整整的一．三三鎊，殊不知現在郵票一枚要一．四鎊，唯有用卡付錢。倫敦就是這點好，什麼都可以用卡用電話付錢，不像在香港，出街總要帶個裝滿銀紙硬幣的大銀包。

自己一人生活常常不想煮飯，所以走到唐人街吃個晚飯。給自己煮晚餐，就算是再簡單的即食麵，等水煮開和洗碗的時間也比我吃麵的時間長幾倍，好像不太划算。而且在家待得太久，還是想出外吸口新鮮空氣。

唐人街如常熱鬧，早晚都一樣。擦肩走過的人說的都是廣東話或普通話，聽來還是覺得熟悉。我喜歡走在唐人街上，因為這裡的每一個人都充滿故事。夜晚十一點，過了餐廳的繁忙時間，中年侍應大叔躲在門外，望望天抽幾口菸，都是一張唏噓滄桑的臉。這是他的生活日常，他是在想念這裡的家還是哪裡的家呢？

在唐人街會找到中國人做生意的頭腦和心態，總要賺盡每一分錢。跟倫敦的其他餐館非常不同，在這裡的餐館不單全部都是賣中菜，而且每家店的檯櫈都擺得密密麻麻擠在一起，要用最小的空間放滿最多的食客。我想，倫敦的衛生或什麼消防條例肯定沒有嚴格執行，否則全條唐人街的餐廳都應該違規了。

在唐人街永遠都有一陣江湖味，上世紀七〇年代，香港黑幫活躍倫敦，常常都有黑幫仇殺。有黑幫就有黃賭毒檔，到了現在，在唐人街的那些大廈樓梯，仍然見到不少上了年紀的阿姨大媽，一身短裙緊身衣向途人攬客，在對面街也聽到她們說廣東話。她們見盡唐人街的變化，從以前每間餐館都賣揚州炒飯燒味飯，到現在滿街小籠包四川東北菜。就算隔著一條馬路跟她們對望一下，她們的眼神都在說：過來吧，走上樓梯，關了房門，我們有無盡的故事可以跟你慢慢的說。

只是見到那些樓梯牆壁外面，貼上了「beautiful young Thai model」的手寫廣告，或者唐人街上，給時代趕走的不只是那些賣廣式燒臘的餐廳，還有上一代的風塵女子。

熟悉的建豐二年

十多年前，專門研究軍事史的美國歷史學家羅伯·考利（Robert Cowley），大概因為研究歷史導致生活太過苦悶，所以就搞搞新意思，在他所創辦和主編的期刊《軍事史季刊》（*The Quarterly Journal of Military History*）中，廣徵「假設歷史」的文章，希望他的「行家」可以寫寫假設的歷史，推斷一下如果希特勒沒有進軍蘇聯、如果美國獨立戰爭失敗等等，世界會變成怎樣。當我們以為歷史學家是非常沉實、對這些虛構題材不屑一顧的時候，羅伯·考利（Robert Cowley）得到的反應非常熱烈，得以令他編成兩本非常暢銷的《*What If?*》。

不單羅伯·考利（Robert Cowley）對虛構歷史有興趣，英國雜誌《經濟學人》也在每年出版「The World If」的特輯，一方面預測將來世界的發展，也探討歷史的另一種可能。《經濟學人》在二〇一五年的特輯，其中一篇題為「戰後的另一種可能——蔣中正的中國」，寫的是「如果」國民黨在一九四九年的國共內戰中獲勝，今天的中國會變成怎樣。

作者說：按照臺灣這幾十年來的經濟發展速度，如果換轉中國大陸也以同樣的速度發展，GDP會比現在的中國高百分之四十二（不必等到八〇年代鄧小平上臺才真正發展經濟，浪費三十多年時光）。當然，蔣氏中國跟今天的分別還不止於此，蔣介石沒有毛澤東那麼獨裁，中國就不會有文革，不會有大躍進，中國也大概不會出現大饑荒、鬥地主等慘況。最重要，中國可能已經民主化了。陳冠中的小說——《建豐二年》，跟《經濟學人》的假設有異曲同工之妙。

跟之前兩本著作《盛世》和《裸命》一樣，陳冠中繼續為中國把脈，不過這次用更顛覆、更具玩味的方法，去寫他眼中的中國。這本書的副題是「新中國烏有史」，所謂的「烏有史」就是「What If」的歷史，那種疑幻似真的虛構歷史，貫穿全書都是熟悉到不能再熟悉的名字（真的是「名字」，在書中他們沒有姓氏），像振開像京生、像浩雲像歐梵和樹森。讀著讀著開始分不開現實與虛擬……

整本小說的出發點，在一九四九年後國民黨的繼續執政。陳冠中筆下的蔣氏中國，六〇年代就已經出現小康社會，這跟《經濟學人》的推測是完全相同。減去毛澤東統治的三〇年，中國早就應該發展起來。陳冠中將這種中國的發展，命名為「中華模式」（對應的是近年出現的「中國模式」）。書裡面的建豐總統在一九七九年上臺（真實歷史中在一九七五年接替去世的蔣介石上臺，擔任中華民國總統），亦即蔣家二代蔣經國（字建豐）。這位賦予臺灣民主的領導人，在書中一樣是有為的人，而他的有為，是「勤政親民，關心民瘼……猜疑寡情，老虎蒼蠅都打」。這又多少令讀者聯想到現實社會中的「近平三年」。

陳冠中寫建豐上臺之後，以清廉自居，想大力打貪卻始發現無官不貪，要打貪的話又要繼續使用國民黨一貫的恐怖統治手法，這卻跟自己光明磊落形象不相符。建豐想改變卻不敢改變，也不能改變，因為不用最恐怖的情治系統是動搖不了龐大的貪污集團，建豐總統多少有點泥足深陷之感。（這種進退維谷的思考，不知有沒有說出今天習近平的困難。）

說陳冠中是為中國把脈，其實也是為領導人把脈。在建豐治下，雖然中國在一九七〇年代就跟美國並駕齊驅，但在北京，還是出現了名為「京生」的年輕人在民主牆上寫下「要民主還是要新的獨裁」。人民對民主的訴求，始終會出現；對於當權者來說，特別是對希望大有作為的當權者而言，永遠都不理解人民為何希望有民主：我都這麼為國為民，為何還需要民主？

就像陳冠中寫建豐少主的內心，壓根兒看不起美國總統；在威權體制之下，能夠在「黨政軍特」之間的刀光劍影中生存，並且走上最高之位，這樣的識見「豈是只靠選票的地方民意代表所能望其項背」？而且，在太平盛世之下，「為何還有這麼多民眾要求民主？民主能產生自己這樣的領袖嗎？」

在小說中，很多情節都是今天很熟悉的畫面，只不過是換了地方換了時間還換了最重要的政權。像書中的其中一節，講兩母子——麥師奶與麥阿斗，光看名字你就應該聯想到他倆就是香港代表之一的麥兜與麥太吧（而且在書中，阿斗上的學校叫鳴春花城幼稚園，父親的名字叫麥炳基）。麥師奶是典型的工廠妹故事，住在石硤尾，但這個石硤尾是位處於廣州白雲山的石硤尾，時間是一九五〇年代。

陳冠中寫麥阿斗和麥師奶，絕對不是為了搞笑，而是解釋了陳冠中最想說的信息、在小說中所用的歷史觀，是跟隨馬克思的唯物史觀。英雄不能做時勢，相反，只有大歷史隨著經濟模式轉變而發展。國民黨上臺，所意味的是將今天的事提前三十年上演，而且上演的舞臺，變成中國神州大地。當你以為最具香港特色、香港精神的故事只會在香港出現，對不起，你錯了，麥阿斗（或乾脆說是麥兜吧）也可以在廣州出現。

當然，這裡還暗暗隱藏了陳冠中對中國的期許。像在書的最後一句，「中國的烏有史尚未結束，敬請注意建豐之治今後發展。」香港能有麥兜，臺灣能有民主，假以時日，現實中國也可以有麥兜、有民主。

左翼重鎮——亞非學院

英國一脫歐，英國國內政治儼如地震。執政保守黨固然鬥得四分五裂，卡麥隆、奧斯本早已乖乖讓位給梅伊、韓蒙德，從髮型就可以斷定他是搞事分子的強森，無端成為外相，實在嘔血；而在野工黨亦不爭氣，黨魁柯賓（Jeremy Corbyn）面對前影子內閣商務大臣伊格爾逼宮，需要進行黨魁選舉，預計要到九月尾的黨內特別會議，才能定出新主席。難怪《每日鏡報》標題大大字寫著「打內戰了」。看來在下次國會大選之前，英國政治都會繼續不穩，畢竟現在選出來的所謂黨主席，無論是梅伊抑或是工黨新黨魁，始終有欠民意授權（popular mandate）。

「大左派」柯賓舉行集會，表明堅拒辭任黨魁。這場集會的選址非常特別，就在倫敦大學亞非學院（School of Oriental and African Studies, SOAS）門外。左傾的政治週刊《新政治家》（*New Statesman*）這樣形容：「經過傳媒和黨內連日來的轟炸，柯賓決定在左翼重鎮——倫敦大學亞非學院進行大反擊，聚集他的支持者，跟所有背叛他的人下戰書。」這所坐落在大英博物館旁邊，以研究亞洲、非洲地方政治聞名的小學院，剛剛成立一百週年。最初成立的時候，訓練過不少殖民地官員，前港督尤德爵士和夫人彭雯麗也是亞非學院的學生，而接任尤德的後一任港督衛奕信更在亞非學院取得博士學位。今日亞非學院不再訓練外交使節，反而變成左翼重鎮。問題是：有多「左」？

我在ＳＯＡＳ有個內地同學，在倫敦讀第二個碩士學位，今年九月即將讀第三個。十多年前在倫敦大學學院（University College London）讀第一個，今年在ＳＯＡＳ，而下一學年則在倫敦政經學院（London School of Economics and Political Science），現在已經開始於ＬＳＥ讀暑期課程。好一個愛讀書的女生，其實說穿了是嘗過自由的空氣，不想再回充滿霧霾的老家。

讀過倫敦大學的幾間學院，絕對有條件比較各院校的分別。她說ＳＯＡＳ跟ＬＳＥ，根本就是兩個極端，在ＳＯＡＳ裡，無論是同學抑或氣氛，都非常接地氣，而ＬＳＥ呢，則是那種典型的菁英貴族。亞非學院就是那種愛抗爭、反霸權的地方。今年開學之後，已經進行過三次罷課（Walk Out），反對清潔工人外判、反對職員遭無理解僱、教職員爭取加人工等……。據老師所講，每年罷課三、四次是等閒事，不必大驚小怪。ＳＯＡＳ的罷課，不是香港那種自願參加的「快樂抗爭」（況且近二十年來也僅僅罷過兩次課），而是由學生將整間學校封鎖，連圖書館也要關起來。老師學生齊齊抗爭，不抗爭就是叛徒。

月初《金融時報》中文網有篇文章，介紹倫敦大學各學院內的「馬列主義小組」，基本上倫敦大學旗下的幾大學院，像UCL像LSE像SOAS都有這些小組，提到這些小組「自我標榜為『第五國際』的倫敦支部……以亞非學院的最為活躍……成員大約在六十到八十之間」。

每個星期三晚上七點，都有固定的活動舉行，或讀《共產黨宣言》，或探討社會主義跟馬克思主義之別，甚至會連同其他院校的馬列小組一起辯論。而他們的精神領袖，除了馬列之外，就是柯賓了。

是傳記抑或傳奇？

章詒和的《最後的貴族》（臺灣版為《往事並不如煙》，時報出版），大概是近十年在香港出版而賣得最好的一本書（最近印到第三十刷，還出了精裝版本）。書中所寫的六個人物，都與章的父親章伯鈞有關，是章詒和年少時的回憶。像康有為次女康同璧的故事、當年民主派人士羅隆基做為右派與共產黨打交道的事跡等，都是感人的文字。其中一個人物——儲安平，值得我們細讀。

儲是民國時期的文人，最有名的是辦過可能是中國史上最激進、最反動的雜誌《觀察》。國學大師余英時說過他是當年《觀察》的年輕讀者，在讀過這週刊之後，從此「不敢自以為是，更不敢代表正義、代表唯一的真理」，可見《觀察》的舉足輕重。

除《觀察》外，另外最著名的，就是儲安平在章伯鈞的邀請之下，擔任民主派的報紙《光明日報》的主編，從此走上不歸路（另有一說：是共產黨對他進行統戰，將不屬國共兩黨的儲安平收編，並由中宣部舉薦他擔任主編）。在《最後的貴族》裡面，章詒和寫儲安平的一章，題為「兩片落葉，偶爾吹在一起」。兩片落葉，一片是儲安平，另一片就是章伯鈞。

在毛澤東一九五七年的第二次整風運動之下，所謂的鳴放監督，是鼓勵右派（民主派）放膽批評政府，做到老毛所說的「百花齊放，百家爭鳴」。實際上，是擺放陷阱，引「蛇」出洞，讓民主派人士以為中國真的有希望，可以從此暢所欲言。而共產黨就在右派人士批評到樂極忘形之際，來一個政策急轉向（跟今天的搬龍門無異），說右派危害政權，將之一網打盡。當年右派的兩塊又翠又大的綠葉，儲安平和章伯鈞，最初偶爾吹在一起，最後給中共吹到又枯又乾，在中國政治上從此絕跡。

最近出版的《儲安平傳》，由學者許紀霖的學生韓戍所寫，是一個完整的儲安平傳記。由儲在中學時投稿說起，又講他的愛情故事，多少看到他的批判意識、民族主義的萌芽。也談了毛澤東對儲安平的認識，始於《觀察》出版的時候，見到儲安平對國民黨的批判如此激烈，開始對此人有了戒心，怕成日後統治的威脅。所以之後的反右運動，對儲安平的批鬥，多少可追溯至此。

儲安平早在共黨執政之前，就說過在國民黨統治下，自由是一個「多少」的問題；若由共黨執政，自由則是個「有無」的問題。既然明知共黨之下無自由可言，為何偏偏誤信「整風」，忘形批評共黨而令自己走上不歸路？這就是中共統戰的威力，讓他在中共政權下做官、辦報，解除他的戒心，最後將其連根拔起一鋪清袋。

時間一轉回到現在，高瑜被判刑，原因是為境外提供國家機密「七不講政策」。

所謂文明大國，竟然禁制國民談民主講自由說平等，情何以堪？想一想，儲安平沒錯，在共產黨之下，自由是「有無」的問題。而從儲安平到劉曉波到高瑜到很多很多維權爭取自由的人，從來都沒有自由。

倒數中的古巴

古巴是個神祕國度，要深入祕境，從來不易；要真正了解這些國度的日常生活，更是難上加難。雷競璇教授的《遠在古巴》，講述這個位於地球另一邊的神祕國家，探究華人在古巴的故事。雷競璇寫這本書的目的，不是要揭開什麼面紗、窺探什麼最真實的古巴，而是要看「能不能為這些老僑保存一點紀錄」。

對於一般人來說，能夠聯想起跟古巴有關的事物，可能除了雪茄以外，就已經想不到其他。對政治有點關心的人，或者知道古巴是世上僅餘的四個共產國家之一（我沒有算上充滿特色的「偉大祖國」，另外三個是老撾、越南和北韓），又或者聽過卡斯楚和切．格拉瓦的大名，想到這裡，又會再從切．格拉瓦想到前立法會議員「長毛」梁國雄⋯⋯。簡單來說，我們對古巴一無所知，但對於不少中國人而言，古巴跟他們有莫大淵源，雷競璇是其中之一，為什麼？

十九世紀，近十四萬華僑，或被賣，或被拐到古巴，接替黑奴成為古巴的苦力。古巴之所以需要大量苦工，是因為古巴盛產蔗糖，而生產蔗糖的兩大過程——開墾農地和甘蔗的收割都需要大量勞力。甚至當時古巴的蒸氣火車，據說也是由中國苦力建造，可見中國苦力對古巴的貢獻絕對不少。直至上世紀，古巴革命之前，仍有不少華僑選擇走到古巴「搵食」。而雷競璇的祖父和父親就曾到古巴工作過一段頗長時間。

當年雷競璇的父親到了古巴，留下妻子在香港，分隔兩地的溝通方法唯有書信。因為雷的母親識字不多，由香港寄往古巴的回信，多由雷競璇代母親筆錄或撰寫。雷競璇說，母親生前一直不願意提起古巴，到母親過世後，留下當年父親的一札來信。當雷重讀這些信時，一方面憶起當年代母寫信的情境，也同時燃起到古巴，並為古巴華僑書寫的念頭。

《遠在古巴》的第一部分就是他父親當年的家書。書信的日期是上世紀的五、六〇年代，也是古巴最最動盪的時間，卡斯楚就是在一九五九年的革命之後上臺，從此改變古巴的命運，也改變了古巴華僑的命運。雷競璇父親的書信，很大部分圍繞著「何時離開古巴」這個問題。在字裡行間，可以感受到當年身在亂世的古巴，那種無法掌握的生活：昨天還能夠匯款、買機票，忽然就被政府禁止。在一九六一年，雷的父親已開始打算離開古巴，輾轉經過五年時間，才千辛萬苦回到香港。而這幾年的折騰，或多或少令其父親抑壓不已，回港兩年之後就離世了。

書的最後一部分，是幾位古巴老華僑的訪問精華，同時也是雷競璇另一本書（已出版：《末路遺民》，牛津大學出版社）的預告。在這部分的古巴華僑中，有曾為國民黨將軍張發奎效力的老兵，因為不想再打仗（國共內戰）而遠走古巴；也有在古巴出生的華僑後代，參加過古巴革命而成為政治活躍分子。革命後的古巴，一切都公有化，華僑不能再像以往一樣做生意，不少華僑選擇離開，而選擇留下來的也逐漸老去。時至今天，雷競璇說仍留在古巴的華僑只剩下一百多人。書中的受訪者，幾位已經相繼離世。

就像雷競璇在書中不斷強調，今天他所寫下的古巴獨特景象，像街上的老爺車、古巴人的快樂、隨處的載歌載舞，以及哈瓦那的老華僑，隨著美、古的關係破冰，資本主義世界經過幾十年的叩門，古巴的共產大門似乎很快打開。當古巴大門一開，這些古巴的特色，也是古巴的精神，包括上個世紀古巴華僑的生活故事，就會慢慢消失，古巴也將不再「遙遠」。

像王強一樣的書蠹

最近有本新書《書蠹牛津消夏記》，精裝書面燙了隻金色小馬，出自喬叟的《坎特伯雷故事集》，牛津大學出版社出版。作者是王強，電影《海闊天空》（原名《中國合夥人》）的其中一個主角原型就是王強，是企業家，但更愛稱自己做「讀書人」和「藏書人」，又或者是書裡面所調侃稱呼自己的「書蠹」。

「蠹」字在粵語中跟「到」字同音，即書蟲，又稱衣魚，維基百科說「衣魚喜歡咬破書籍」。愛書人就是書蠹。書中還有一處用到「蠹」這個字，就是牛津大學最有名的圖書館名字——「飽蠹樓」（Bodleian Library），也是全英國第二大的圖書館，亦即隨《書蠹》所附藏書票中的那棟圓形圓頂建築。《書蠹牛津消夏記》配飽蠹樓書票，真妙。

整本書寫的，就是買書收書藏書。寫自己或遇到、或買到的書，毛邊本簽名本，羊皮封面燙金燙銀，還有大理石紋。書就是如此講究如此高貴，所以說喜歡讀書的人也一樣高貴。

《書蠹》是藏書手記，王強收藏書籍的境界見於他跟十二卷皮裝的蘭姆（Charles

Lamb）全集的「邂逅與分手」。稀有的十二卷本竟然在英國撞到，店主還半價出讓。對，就算沒有讀過福爾摩斯或東野圭吾，都知道一定事有蹊蹺。原來十二卷中，偏偏缺了第二卷。如果藏書者道行未夠，難得遇見更難得的半價，肯定會「有殺錯冇放過」先買為快。不過貴為牛津哈里斯曼徹斯特學院的基石院士（Foundation Fellow），王強一句「完美完美，不完，也就不美了」，深呼吸一下，轉身就離開書店。因為愛書，所以不忍見到最愛的不美。古有「大禹治水，過門不入」，今有「王強買書，過門不買」，都不簡單，都是修行。阿彌陀佛。

讀王強收藏書籍，微博有讀者說「王強買的書哪裡是大眾買得起的」，其實買得起買不起都不是重點，跟書跟書店跟書店東主的相遇相知才是值得細味，像王強寫到在巴黎買巴爾扎克的《人間喜劇》，又是一套十二卷中獨欠一卷，彷彿每逢是十二卷的套書都總會丟失一卷。不過這次幸運，遇到熱心店主，帶他左穿右插去到另一書店，補回失去的一卷，終於儲成完整一套。

其實收書這回事，貴有貴收，平有平藏，只要有心，都一樣快樂。說個平民版的藏書經驗，我愛讀陳冠中的《香港三部曲》，牛津出版社的六個版本都有收齊。二〇一三年陳冠中拿香港書展年度作家時，《香港三部曲》推出增訂。而在增訂版之前有四個版本，每版都不同，由初版的窄身開本，到再版的淺藍、深藍和黃色封面，然後增訂之後的兩款小開本，一共六個版本。

窄身開本、封面有隻小船的初版在二〇〇四年出版，不太好找，我在臺灣的露天拍賣網找到，定價三百臺幣。寄來之後拆過包裝，書的品相也頗新淨。一打開書，夾著一張一百元臺幣，還有一張小紙條，上面寫著：「書上架很久，寄出時才發現書變黃了，抱歉！」臺灣人，總是如此溫暖。

從臺北書展到臺灣研究

臺北書展（臺北國際書展）又來了，愛書人是應該至少去一趟的，跟香港書展是兩回事。不必區分孰優孰劣，只說臺北書展特色：大型出版社的攤位，除了堆起書山大賣特賣之外，還擺著幾張檯櫈「傾生意傾版權」；又見到香港和臺灣的獨立出版社，聚集一起，組成一年又一年的「讀字」攤位，提供主流以外的閱讀空間。這些景象，不難感覺到臺灣人對書的認真。

想起兩年前的臺北書展，那時還是本科生，上完課後趕去機場，變身記者飛去臺北，約作家、約出版社做訪問，一切恍如昨日。

那個時候，臺灣和香港剛經歷完太陽花和雨傘運動，兩地社會開始討論如何總結運動經驗。在書展中，訪問了幾個在臺大讀研究院的學生，他們兼職搞獨立出版，出書記下他們眼中的社會運動。像幾個學生所寫的《魯蛇之春》、楊翠老師（學者，同時為學生領袖魏揚的母親）所寫的《壓不扁的玫瑰》，將經驗轉化為動人文字，不只浪漫，而且是最直接最實際的行動去將經驗總結，並且將社會運動的力量保存下來。

去年《號外》其中一期的專題是「臺灣作為方法——香港文藝自決的想像」，這個年頭，兩個地方必須互相緊靠互相學習，才能生存。像這幾位研究生，他們重視經驗、重視文字的態度，就是我們應該向臺灣學習的其中一種方法。這次訪問的經驗，是我活生生感覺到臺灣作為方法的可能。我現在研究臺灣政治，也是相信臺灣的政治經驗，可以成為香港的方法。

很多人都問，為什麼在英國讀臺灣政治？這要從我學校說起。以前曾經寫過我所就讀的亞非學院，一百年前成立，本身為了訓練一班殖民官員到亞洲非洲進行管治。一百年後，英國不再「日不落」，但學校仍然屹立，繼續專門研究亞洲非洲地區政治。所以學校其中一個特色，就是有十個大大小小的地方研究中心，當中最活躍、舉辦最多學術活動的，一定要數臺灣研究中心，單在上個學年就舉行了差不多五十場活動。

或者很難想像在英國的學校怎樣講臺灣、讀臺灣？只要看看這些活動的講者、內容，你就會知道亞非學院的臺灣研究，絕對不是請客食飯。兩年前，林生祥來過表演、馬世芳上年暑假時來過做講座、下個星期劉克襄來，談臺灣當代文學，還未計學術界中做臺灣研究的頂尖學者。這樣的「卡司」、陣容，就算在臺灣也不易見到，反而遠在倫敦的亞非學院，差不多每個星期都可以遇到。

兩年前去臺灣採訪，沒有想過現在竟然投入臺灣研究。回想當日在臺北落機，已經深夜了，翌日書展就開幕，所以從機場乘的士直駛酒店，公路上幾乎沒有其他車輛，車窗外的冷風滲入，打在面上。那是我首次離開香港工作，興奮同時，望出窗外覺得世界好像有點不一樣。昨夜步出亞非學院的圖書館，一陣冷風吹個正著，忽然間，世界好像重疊了。

百花里族人

倫敦的羅素廣場一帶叫Bloomsbury，這裡有個漂亮的譯名叫百花里，比什麼「布盧姆茨伯里」好百倍。百花里是個文化區，Euston Road和High Holborn兩條大街像三明治一樣中間包住的範圍，就是百花里了。

倫敦是個有文化有底蘊的城市，百花里能夠成為文化中心的中心，不出兩大原因。第一是百花里中的Bloomsbury Group——「百花里族」（林行止譯），這是上世紀初的時候，一個聚集作家、學者、藝術家的圈子，像作家維吉尼亞・吳爾芙（Virginia Woolf）、她丈夫李歐納德・吳爾芙、經濟學家凱恩斯（J.M. Keynes）等等，當年都在百花里一起生活創作做研究，早上一起坐在羅素廣場談思想談文學，晚上就坐在酒館喝著威士忌風花雪月，當年圈中都是豪英。

百花里文化重鎮的地位，還因為百花里是倫敦大學的中心。倫敦大學現在有十八間學院，幾間重要的學院像政經學院（LSE）、倫敦大學學院（UCL）、亞非學院（SOAS）都在百花里的範圍之內。所以百花里其實是由大學、大英博物館、廣場、書店等地方所組成。

行走於百花里，每走幾步抬頭一望，就會見到一塊塊的圓形藍牌，掛在那些維多利亞式建築的小屋外牆上。這些藍牌是用來紀念那些跟特定建築有關係的人，所以藍牌之上通常有個人名，然後有幾句介紹一下他或她跟這地方這建築的關係，他（她）在這裡住了或工作了幾多年。

根據英格蘭遺產委員會的簡介，要成功「上藍牌」有幾個要求，首先需要去世二十年以上，另外那幢建築物要狀態良好，而且該建築本身還未掛上藍牌，一幢建築只可釘一塊。以前從宿舍往返學校，在百花里之間穿梭，每天經過至少二十塊藍牌，其中一塊寫上蘇聯領袖列寧的名字。列寧在一九〇八年，曾經住在我每天走過的地方。遺產委員會最近出版了一本新書*The English Heritage Guide to London's Blue Plaques*，介紹倫敦全部九百幾塊的藍牌。第一位「上藍牌」的中國人是老舍，就在老舍故居聖詹姆斯公園附近。

說起老舍，想起最近讀許禮平寫的《掌故家高貞白》，裡面有一段關於老舍的故事。高貞白就是寫《聽雨樓隨筆》的高伯雨，高伯一九二八年來英國讀書，許公說高先生原本要讀劍橋，但一去到大英博物館的東方圖書館就離不開了，最後留在倫敦讀書。當年老舍在亞非學院教中文，那時候學校還未染指非洲，只是叫東方書院（School of Oriental Studies）。老舍邊教書邊寫小說，他的小說出名幽默，高伯說當年在倫敦，他借老舍讀他帶來的清代奇書《何典》。在老舍讀完之後，高伯說：

「（老舍的）文章更為幽默了。於是我就把《何典》送給他。」

許公的高伯雨傳記好看，不過看完之後我有一大問號未解決，就是高伯當年負笈英倫，實際在哪裡讀書？許公只說他原本要去劍橋，卻沒說他最終去了什麼學校。高伯如果跟老舍稔熟，會否是亞非學院的學生？高伯在百花里有沒有留下很多足印？下次回香港，一定要找出答案。

讀博士的困難

最近網上流傳一篇長文，叫〈讀博士如同修煉《葵花寶典》？一條七難八苦之學術路〉，作者的大名是廖詩颺。全文大意想講的是讀博士艱難，從入讀到畢業，從生理到心理，按作者語，「並非是練《葵花寶典》那麼簡單，那是直如唐僧取西經，要經歷九九八十一難，方能修成正果」。然後最後的結論，是「千萬不要看不開」、不要讀博士。根據上面的講法，我已經是「睇唔開」的一群。

洋洋灑灑幾千字，寫出今時今日讀博士研究的苦況。難得有人道出學術路的困難，讀來百般滋味，有人明白自己的難處，從來都難得。剛過去幾個星期，學系研究院舉行了幾場研討會，講學術期刊的出版、畢業口試（Viva）、畢業之後找工作等，簡單來說就是畢業祕笈，內容跟那篇流傳的文章一樣，結論都是：前路艱險，祝君好運。每次研討會之後，我們幾個政治系的博士生，都只能互相苦笑，拍拍膊頭鼓勵一下：吾道不孤，大家都是戰友。

不過這類「博士很危險，生人勿近」的論調，其實不新鮮，每隔一段時間就會飄出來，然後像陰魂一樣在網上出沒，呼籲其他人不要「睇唔開」，永遠都負能量爆表。在臉書上就有個什麼專頁，叫「這個PhD只是我的負累」，一個數學博士的經歷。我討厭這類文章，更非常討厭什麼過來人說「不要看不開」。

選擇讀博士的都是成年人，每個選擇都應該是思前想後的結果，選擇了就好好走下去，才算對得起自己。或許幾十年前，還有讀大學、讀博士是「天之驕子」的神話，但今天如果仍然幻想博士畢業之後可以輕易取得終身教席、可以立即升上神檯前途一片光明的話，其實跟相信「大賭可以變李嘉誠」沒有兩樣。做博士研究、走學術路當然困難，但只我們對自己有要求、對生命認真的話，其實都一樣困難。無論讀博士做研究，抑或上班工作都無分別。

K是我的老朋友，是那種沉迷日本文化的宅男。畢業之後和我一樣離開香港，去到日本在大公司做「社員」，打一份本來主要是本地人做的工（很多人去外國工作，做的是外國人的工作，像教英文補習班等等）。而日本人的工作文化，是不請病假、比拚最遲下班、超服從上級，他每天都親身體驗著。工作文化之外，還要頂住生活文化的差異。在日本工作是他畢業之前夢寐以求的事，我不知他有沒有在東京居住下來之後夢醒或夢碎，但追尋夢想本來就不容易。

雖然大家都離鄉別井，隔住半個地球，不過閒時還會互相聯絡，比大家都在香港時談得還要多。就這樣，每個星期互相報告一下生活苦況，互相叫大家咬緊牙關撐下去。讀博士如此，日常工作如此，要認真做人做事就是不容易，不是嗎？C'est la vie，這就是人生嘛。

討厭考試

每年五、六月是英國大學考試季節。一年之前還在讀碩士，一共三科考試，每科三個小時答三條問題，實在吃力，彷彿回到中學公開考試的年代。

我久不久就會發一個公開試噩夢，夢中會重溫當年高考的畫面。每次都夢到自己坐在考場中間，考高考的化學考試。一打開試卷，眼前一片空白，然後想起自己根本沒有溫過書，然後再不斷問：organic chemistry和inorganic chemistry跟我有什麼關係？為什麼要考這些試？驚慌一輪、弄得全身冒汗之後就會醒來。因為確曾發生過，曾經在考場上如此無助，所以夢境特別真實也特別嚇人，當年預科讀理科是成長過程的一大創傷。

在英國考試跟香港考試是有一點不同的。在香港置身考場猶如戰場，就算停筆、收卷之後如何難掩興奮，都不能太過放肆，無論是校內考試抑或公開考試，只要想稍微轉身跟坐在後面的同學講聲恭喜：我們終於考完了，那個面如死灰的監考大叔都會立即叫你keep quiet，你不keep quiet就會取消你的考試資格。

但在英國，幾乎未停筆，就感覺到考場氣氛開始有變，大家靈魂已經開始慶祝考試完畢。上年考完最後一科，連午飯也未吃，幾個同學就到學校附近的女皇頭酒吧（The Queen's Head），一直喝酒喝到黃昏，啤酒威士忌然後再啤酒，都是難得放縱的時間。今年七月是畢業禮，在日本在義大利在德國的朋友們又可以齊集倫敦。

我一直都好奇全英國究竟有多少間酒吧以女皇頭命名。這間小酒館，在大車站國王十字（King's Cross）附近，門口豎著一個招牌，用粉筆字寫上The Best Pub in London，這句話如果在香港寫出來，不知會不會觸犯什麼商品說明條例。不過這酒館確實不錯，酒館最後的位置有個小小的後園，抽菸的抽菸、喝酒的喝酒，絕對是聚腳的好地方。店裡面有很多的威士忌可供選擇，每逢星期四夜晚還有現場的爵士樂。沒錯，這是the Best Pub in London。

今年終於不用考試，不過還是回到考場：做監考，賺一點外快。做監考也不容易，三個小時異常難過，都不敢看大鐘或手錶，怕時間過得太慢。唯一能做的，除了嘗試答一下試卷的問題，就只有或站著或坐著的不斷思考。監考最可惡的事，莫過於是考試加時。原來不止足球場上有加時，考場也一樣會有。

上個星期倫敦大學的一批工人，遊行示威抗議薪酬太低。他們就像《聖經》故事中的以色列人一樣，按上帝的旨意，圍著耶利哥城不斷叫喊做為攻城的方法，然後城牆就塌陷了。

這些工人圍著學校範圍，不斷打圈遊行抗議。一邊打鑼打鼓，一邊吹號角叫口號，要求校方加人工。就算關了門鎖上窗，遊行的聲音還是嘈吵得煩人，可憐考生不斷舉手投訴，太嘈了實在集中不來。但沒法子，在英國你總要尊重這些遊行罷工的人，唯一能做的就是補時給考生，先補五分鐘，然後再補十分鐘，前前後後差不多將考試延長半個小時。考完之後，就連出名反動、喜歡抗議的亞非學院學生都說，他們第一次如此討厭遊行。

愛書人天堂

踏入夏天是書的季節，香港書獎、香港書展等等都是這個時候，也算是一年來書市最熱鬧的時間了。早幾星期回來香港，跟出版社大編輯吃午飯。幾乎每次回港都找他，一年吃一次飯，他都說，做書這一行愈做愈難了，每一次都說今年差過舊年。看來書市要絕處逢生都不容易，每年都安慰他可以谷底反彈，但每次都發現低處未算低，實在可悲。

這個年頭賣字做書都不容易，當圖片短片充斥於日常生活的時候，誰還有閒情逸致去讀密密麻麻的文字？文字愈讀得少，閱讀能力也愈來愈低，這是惡性循環。所以呢，現在不單文章不能長，就連句子也不要長，太長的話會無人讀得懂。最好每寫兩隻字就加個逗號，幾乎想在寫姓名的時候也在姓氏之後「逗一逗」，這才是「當代文學」，才是品味。

少人讀書看書是全球問題，但在香港很難靠文字開飯就是地方問題。香港媒體很早就說winter is coming，而事實上寒冬一早到來，香港在無國界記者的新聞自由指數中，二〇〇二年排全球十八，十五年時間就跌至全球第七十三。新聞傳媒首當其衝，而文化出版就是死神的下個親吻對象了。香港書業能撐下去，靠的都是意志。所以香港書展近年找不到年度作家，與其搞什麼旅遊主題，不如將焦點放在幕後，表揚一下在香港做出版的人。

談到書，相比香港，倫敦實在是愛書人的天堂，對我們來說，有好書店的地方就是好地方。周保松教授在《相遇》裡面提到他讀博士的時候，在倫敦買書賣書的故事，他說在書店兼職掙來的錢，幾乎全部都撥到買書的支出，讀起來感同身受。

在亞非學院轉角（即大英博物館附近）就有五層高的Waterstone，一大排企鵝出版社（Penguin Books）系列的書架，擺滿新新舊舊的橙色企鵝和藍綠色的鵜鶘（Pelican），還有一整排的牛津通識系列（A Very Short Introduction），壯觀到不得了。走遠一點去到唐人街前的查令十字路（Charing Cross Road），有我最喜歡的Foyles，又是樓高四五層的大書店，記緊上兩層樓梯，轉左走到盡頭有個賣爵士樂的角落，碰巧旁邊就是政治類書架，一邊打書釘、一邊聽著Jazz。如果你去Foyles的話，在那個角落見到有個高高瘦瘦的香港男生，那就是我了。就算你不喜歡爵士樂也不要緊，在同一層、上完樓梯之後轉右，就是賣古典音樂的地方了。

如果你討厭連鎖、喜歡小店，就一定要去羅素廣場另一邊的Judd Books，小小書店主要賣人文社科類，有新書有舊書，書價都是市價一半或更平，每次進去都有斬獲，結帳時出示學生證還有全單九折。所以讀書人在倫敦要省錢的唯一辦法，就是盡量遠離附近地區，或者拿點意志，做到大禹一樣過門而不入。

可惜書店都在學校附近，幾乎每天都會經過。看來讀書人為了書而捱麵包，都是不能逃脫的命運。

錯過了的時代

在英國生活久了，什麼都習慣，唯獨沒有辦法適應讀不到新出版的中文書的苦況。以前讀中文大學，每天放學從山上面的聯合書院步行落山，總要走進火車站旁的大學書店逛一逛，像巡店視察，也像保安員巡邏，幾年大學生活都如是。

中大書店是好的書店，選書擺書都有用心。每次入門口總會駐足「豬肉檯」前掃描一下，比較一下昨天跟今天有什麼分別，就像兒時的「找不同」遊戲。哪本是新書、哪本書給人買走了，一看就心裡有數。那時候沒有在書店兼職，掙點外快實在可惜。

來了英國後就沒有這「日常活動」，倫敦沒有像樣的中文書店，亞非學院的書店也小得可憐。唐人街附近有間光華書店賣簡體書，在倫敦開業差不多五十年，但老實說，書店的書無甚可取，連望梅止渴的功效也做不到。想過在臺灣的網上書店網購寄來，但運費貴得嚇人，幾次都在按下「結帳」之前放棄。沒有中文書唯有讀英文書，每星期去查令十字街的書店Foyles巡幾次，但始終填補不了生命中沒有中文書的空洞。

「餓書」餓得太久，現在只要有機會得到新出版的中文書也如獲至寶，幾乎連睡覺也將書本攬緊。最近牛津大學出版社的林總送了兩本新書，一本是孔慧怡的《不帶感傷的回憶》，另一本是關詩珮的《譯者與學者》。兩位作者我都不認識，卻有種聯繫，因為她們都在亞非學院取得博士學位，我也算她們的小師弟。

讀孔慧怡的新書，一讀就停不下來，一口氣通宵讀完。孔慧怡寫的是她跟上一代文人的相處回憶，一個個熟悉的名字（不少都在董橋筆下常常出現），像劉殿爵、喬志高，像宋淇、艾青。孔博士舉重若輕寫出她和他們的故事，寫出這一代老前輩的重量。

讀孔慧怡寫劉殿爵教授的文章讀得格外親切，文章內有張照片，是劉教授跟亞非學院的其他老師合影，就在校門旁邊的小角落拍攝。四、五十年之後，我也在這間小小的學校走上走落。劉教授回歸香港之前，是亞非學院的中文講座教授，也是第一位華人執掌此位。

縱然書裡面的人都已經不在人間，但如書名一樣，孔博士寫的回憶都不帶傷感，只有作者念茲在茲、跟前輩一起的相處片段。然而，我讀來卻不無傷感，作者愈是寫得淡然，愈是覺得自己出生太遲，錯過了那個年代。上一代的人物，連生活日常都動人。現在只能夠從文字中讀到，卻不可以親身經歷、認識他們，甚至不可以成為他們的一分子。

或者每一代人，都曾經有過我這種錯過與趕不及上個年代的沮喪。但也因為有這失望，才會有動力去通過閱讀，將未曾經歷過的歲月追趕回來。

讀書有用

春節新年之前趕著完成兩篇書評，躲在書堆之中，對著鍵盤和電腦屏幕倒數，是讀書人的浪漫。經常有人問，為什麼寫書評（book review）？寫書評有什麼「用」？聽到這樣的問題，我通常都支吾以對，說自己無聊時間多就算。

學術世界的遊戲規則將一切都量化，只有在學術期刊刊登研究論文才是「有用」。從這個規則來看，因為寫書評不算學術產出，所以「無用」。不只無用，而且有害：寫書評占用時間，令到做研究寫文章的時間少了，最後「出產」少了論文，是惡性循環。要走學術路，為了生存、為了有機會有好的前途，沒辦法不參與這個遊戲。但我以為讀書的初衷就是因為喜歡讀書、覺得讀書有用。寫書評，可以有機會讀到最新的書（而且可以得到一本貴得離譜的學術書），寫一下對書的看法，這不只「有用」，也是讀書人義不容辭的差事。

看完兩本學術書，不無感受。第一本是著名學者（也是前高官葉劉淑儀的老師）戴雅門（Larry Diamond）有份編輯的 *Taiwan's Democracy Challenged*，二〇一六年出版，寫陳水扁的八年管治，檢討臺灣的民主在經過民進黨首次執政之後是否仍然健全。書中的文章，大都寫在馬英九的年代（甚至在太陽花之前），普遍還是一片哀歌，覺得民進黨已死、國民黨一黨獨大，民主制度陷入危機。當然，我們今天知道制度仍然健在，民進黨也經歷了來回地獄又折返人間的命運（現在開始步向地獄了）。因為政治如此多變，才會有我們這些研究政治的人。

另一本書是哈佛大學政治系教授薛比勒（Daniel Ziblatt）寫的*Conservative Parties and the Birth of Democracy*，比較英國和德國在民主化的過程中，為什麼英國可以平穩順利的民主化，而德國在威瑪共和年代卻來回民主與威權政體之中？

薛比勒提出，民主化能否順利實行的關鍵，在於有沒有出現一個有組織的保守政黨，把舊制度裡的傳統右翼菁英貴族（old regime elite）吸納到民主政體之中。這班傳統貴族就像一把雙刃劍，如果可以把他們安放在保守黨之中，給他們機會贏一下選舉，他們就會支持民主；反之，如果沒有一個有系統、有組織的保守黨吸納他們，他們沒辦法在選舉之中獲勝，他們就會無惡不作，為求繼續保持權力，推翻民主制度，保留威權政體。

政治學者Jeffrey Kopstein說，這本書是the best book in comparative politics I have read in a decade。這一點都不誇張，這本書寫得淺顯易明，但一樣有嚴密的論證。在總結一章，薛比勒指出，民主化似乎只有兩條路可以選擇：要麼將舊制度的菁英貴族完全排拒，但卻可能換來這些菁英推翻民主的結局；要麼將這些菁英吸納到民主制度之中，令到他們成為民主的支持者。而臺灣的民主化，很明顯是走了後者的路。

薛比勒最後說：「This is not a conclusion.[…]But this is where the evidence has led me.」兩個結局都不完美，但卻是政治現實。政治從來都沒有完美。

研究生完全求生祕訣

手邊有本《研究生完全求生手冊——方法、祕訣、潛規則》（彭明輝著，聯經出版），在書店讀到一句「不再讓象牙塔變成虛度青春的苦牢或煉獄」就立即買下來，帶回家後一直未讀，只是將書放在當眼處，在工作累得想放棄想叫救命的時候，抬頭見到求生手冊，望一下封面就覺得心安。

有求生手冊之出現，即意味有求生的需要。就像香港人不會無端端在家中準備一個什麼地震求生包，但搬到臺北之後，就有人跟我千叮萬囑一定要準備好求生包，要記得地震時候不能逃走的話就躲在檯底等等。

記得很久以前找舊報紙舊新聞，無意發現了一則報導，很早就知道讀研究院隨時會「搞出人命」，那則新聞這樣寫：「因考博士銜不及格，香港一名留美研究生槍殺教授後飲彈自盡。」看來不只研究生要求生手冊，就連論文導師也一樣要學懂自衛保護自己。

讀了幾年研究院，愈來愈體會到當中不同方面不同層次的困難。第一層的困難是孤獨，研究的題目只有自己清楚（但有很多時間也不清楚自己所做的研究是否有意義、是否可行、是否正確）。研究的過程是自我負責，每天坐在檯前讀多少寫多少都由自己決定，稍不自律就會萬劫不復。做研究不像一般工作，沒有上班下班，我都不知試過多少次夜晚關燈上床睡覺之後，忽然想到一個重要的論點，要立即爬落床寫下來，怕醒來就會忘記。

第二種困難在於時間的長度，寫博士論文要寫三四年時間。十年磨一劍，長時間可以精雕細琢，也可以消磨意志。四年時間，每天解答著同一條問題、看著相關的文獻，同時每天都擔心世界上有另外一個人做著或多或少相似的研究，研究做到一半已經變得神經兮兮。不信的話，你走入研究院看一看就會明白。

第三種困難特別針對留洋學生，像我，香港人在英國研究臺灣，不斷遊走不同城市之間，每次搬去一個城市都需要時間適應，就算是回到香港，也一樣會覺得不適應，漸漸不知道哪裡才是屬於自己的地方。其實人跟動物無異，你將家裡的貓一天到晚都睡在上面的椅子拿走，牠也會立即抑鬱，抑鬱到不肯上廁所。當人要適應新的生活，每一次也會面對同樣的壓抑。

對我來說，最好的解決方法，除了像以前說過，無論去到哪裡都會帶著幾本每次讀完可以心境平靜的書之外，還要在城市之中找到一間可以讓你感到自在、覺得熟悉的餐廳，因為研究生活已經有足夠多的事要讓你重新適應，如果在食物上可以找到一種熟悉的感覺，那就是名副其實的comfort food。在倫敦，那是亞非學院學生宿舍旁邊的一間越南餐廳，一碗熱燙燙的牛河；而在臺北，我喜歡簡簡單單地吃一間賣牛肉飯的連鎖店。這就是我的求生祕訣。

蝦湯拉麵和雞湯拉麵

上篇文寫研究生求生祕訣，談及研究路的孤獨與意志的消磨，難得宣洩一下，可能寫得太過肉緊太過悲慘，朋友讀到之後怕我壓力太大，立即傳來短訊問候，好像怕我會成為那個「因考博士銜不及格，槍殺教授後飲彈自盡」的研究生，怕我動刀動槍。我沒有怎樣回覆，只是傳了一張照片：一大碗熱騰騰還在冒煙的「一幻拉麵」；另加上一句：「拉麵很好吃，不用擔心。」

臺灣美食多，本來就不用怎麼介紹，我又不是那些旅遊KOL，無謂爭飯食寫夜市推介，比較哪杯珍珠奶茶奶香茶濃、看看哪塊雞扒多汁肉嫩。只是我真的在臺北住下來之後，喝一杯現在年輕人非常時興的水果茶也只是五十臺幣（朋友說是香港價錢的三分一）、在路邊攤檔食一塊蘿蔔和滷水豆腐，加一碗非常好吃的滷肉飯才七十臺幣，我沒辦法不寫一下臺灣美食。

在臺北租住在臺大附近，附近就是師大夜市、公館夜市，但在臺灣一個人租房子，那些所謂套房實際上只是「劏房」，沒有窗也沒有廚房，所以一天三餐都要在外面解決。以前在英國，東亞人體質不可能天天薯條芝士，所以一個星期總有十餐八餐自己煮點東西，也因此自從讀了研究院之後，體重急降差不多四十磅之後就一直維持在一百四十磅左右。

來了臺灣，體重看來有機會回升，因為滿街都是美食，情況再差再壞也至少有便利店，買個飯糰也好買隻茶葉蛋都好，這種有便利店的生活在英國是unimaginable（外國沒有便利店，開二十四小時的店就只有一些通常由中東人經營的off license，像雜貨鋪一般）。

更加不可思議的事，是臺北通街開滿日本非常出名的拉麵店，除了遊客最愛、名氣最大的一蘭之外，還有幾間長時間都排在「日本拉麵Top 50」前列的拉麵店，一個星期就試了其中三間，目標要半年之後、離開臺灣之前試完所有，寫篇日本拉麵指南（臺灣篇），成為學者之前先做拉麵達人。這是一個人自給自足的生活樂趣。

三間拉麵店（一幻、一燈、屯京），我最喜歡用蝦做湯底的一幻拉麵，我傳餐廳菜單給在日本居住的K，他說價錢比在新宿吃還要便宜。點了一碗拉麵，把麵吃完之後再多要一碗白飯，拌入食剩的湯底之中，這是最美好的食法，也是最「肥仔」的食法。除了一幻之外，一燈的雞湯拉麵也非常不錯，他們有特製的XO醬和蝦味辣醬，而且可以免費加麵，埋單也不用四百元臺幣。

但這樣沒「住家飯」吃的生活習慣（而且還常常吃濃味拉麵），也實在不太健康。本來還想買個小煲偷偷在家白烚青菜，但最近我找到住處附近，有間叫「青滷」

的小店，專賣蔬菜「十蔬餐」，無肉無味精，十種蔬菜七彩繽紛，就是放在眼前看一下都覺得健康。要做拉麵達人而不會暴脹十磅，一定要多吃幾餐「十蔬餐」，平衡一下。

不是雪泥鴻爪

四月倫敦乍暖還寒，雖然春天已經來到，草地上長滿小小菊花黃花，英國人叫 cherry blossom 的櫻花也早早開完。但一不留神，溫度又會跌回三、四度，昨天還短衫短褲架起墨鏡曬太陽，今天又要穿回大褸。所以在倫敦生活，出門口之前不能不看天氣，否則你會在烈日陽光下穿羽絨、在寒風刺骨的日子穿短褲。

記得上年四月尾，碰巧是生日，都不是十歲八歲了，生日不生日也一樣要工作，整天待在宿舍讀書。中途落街買點午餐順便寄信，忽然下起雪來，狼狽之餘，也想起人在異地、孤獨一人的淒涼。鼻子一酸，眼鏡鏡片也起了一層霧氣。看看天文臺預測，這個四月應該沒有雪了，就算有，也不淒涼。

留學生都喜歡讀作家寫的留學生活，有幾本書我讀完又讀。像李歐梵的《我的哈佛歲月》，寫他在哈佛讀研究院時喜歡聽波士頓交響樂團的音樂會之餘，也喜歡到舞會「和洋妞約會」。像雷競璇的《窮風流》、馬家輝的《日月》和周保松的《相遇》，都寫他們在年輕的時候、念茲在茲的留學時光。想到自己正在走著相似的路，讀這些書的時候，總有種莫名的親切，同時明白到，只有通過文字，才能將現在遇到的人與事都記下來，留住此刻的溫度和感覺。

提到周保松教授的《相遇》，書裡面除了寫他在倫敦讀博士時的留學生活，更多的篇幅是寫有關中大政政系。像他在迎新營寫給新生的信，也有在學期完結後寫給學生的感言。很多年前讀中學的時候，就是讀到這些溫柔的文字，才立定決心要入讀中大政政。轉眼從政政系畢業幾年，仍然覺得政政系是如此特別，如此充滿人情。舉個例，我們每隔一兩個月，就會收到一封「政政家書」的電郵，由系裡面的老師教授寫寫政治以外的話題。最近就收到馬樹人教授（ＳＹ）的家書，是他退休在即的告別家書。

馬樹人教授的課都有一個特點，都是mind-blowing，都會震盪我們的思想。其中一門是一年級生讀Thinking Politically，單是Knowledge is Power抑或Power is Knowledge就已經在課堂討論半天。又記得在二〇一四年占領的時候，正在上ＳＹ教一門有關轉型政治的課，讀蘇聯的滅亡。那個時候，大家都心不在焉，上課的人很少，課室氣氛總是怪怪的。然後在課堂上面，ＳＹ講到李香蘭的故事，聽著張學友的〈李香蘭〉，一句「卻像有無數說話，可惜我聽不懂」，那刻心情的沉重到現在仍然深深記得。

ＳＹ在告別家書裡面，說到「雪泥鴻爪」這個成語，他說一切都是偶然，不必計較。馬樹人就是個低調的人，連在學系網頁中的老師簡介，頭像也是一個公仔而非大頭。在課堂上，他永遠都像派給我們的powerpoint一樣，留了很多空間讓我們自己填寫、思考。就這樣，在二十多年裡面，影響了很多代政政人。馬樹人教授在政政系、在這麼多年的學生所留下的印記，又怎會只是雪泥上的指爪？

30

II

生活的乾澀和快樂

人一旦愛，遂極脆弱

上文寫到在飛去倫敦的飛機上，一口氣看完五齣電影。五齣戲當中，三齣都是今年奧斯卡的熱片，分別是《意外》、《水底情深》和《以你的名字呼喚我》。《水》贏了不少獎項，但這片不是我杯茶，或者應該說，因為片裡說的故事其實簡單，跟同樣是去年上映、由妙麗主演的《美女與野獸》無分別，都是人獸相戀的愛情，只是有著三級片和一級片的分別：一齣有人獸交的性愛鏡頭，另一齣則只有不斷跳舞大唱Beauty and the Beast和Be Our Guest。

愛情很簡單，就算沒有語言沒有溝通，只要一顆雞蛋一些音樂，就算是人和怪獸（也可能是神，總之那隻核核突突的生物就不是人）也可以相愛；愛情也很複雜，因為愛情通常都不只是兩個人（或獸）的事情，就算雙方如何理解，也總得面對他人的眼光。但無論如何，不管是男女也好、男男女女甚至是人獸也好，只要相愛就是愛情。只是《水》所寫的愛情都太過淺白太過童話，搞了一大輪，人獸一起跌進海底，無論最後或生或死，或一起成為河仙水妖，電影所刻劃的愛情都只是Both a little scared／Neither one prepared／Beauty and the Beast的童話故事。（編按：《美女與野

獸》主題曲中的一段歌詞）

相比之下，《以你的名字呼喚我》所說的愛情是入心入肺。小男孩與大男孩的相愛，明明是如此清晰如此可見，但因為年齡的差異因為性別的相同因為背景的不一樣，兩個人都用盡各種方法去說服自己：對方沒有像自己一樣愛著對方。曖昧之後，最後義大利小男孩比美國大男孩來得主動，在那條義大利北部的小村莊經歷了一場有血（鼻血）有汗的激情和愛情。當美國大男孩在暑假之後要回到美國，二人從此分別。

全齣電影最老套最說教但也最精采的一幕（這是「老海鮮」歐巴桑的價值），就是在二人分別之後，教授（義大利男孩的父親）跟兒子的對話，他說他年輕的時候也差點經歷了同樣的愛情，但最後什麼都沒有發生。他說，當一般的父母都想子女盡快忘記傷痛、重新出發，但因為他是過來人，所以他不是這樣的父母。

在沙發上，他點了菸，跟兒子說：「在生命之中，總會在我們最出其不意的時候，用各種方法觸碰我們最脆弱的地方。……如果覺得傷痛，那就好好照顧自己；如果心裡還有愛火，不要吹熄這團火。」教授說：「我們習慣了強逼自己將傷痛癒合，為了令到自己變得麻木、變得沒有感覺，而不再去用心感覺一切東西，What a Waste!」我們嚮往童話，但現實之中的愛情不是童話，只有會痛會流眼淚的愛。

看完戲，坐在機艙發呆，想起大學時跟著周保松教授，逐句逐句讀羅爾斯（John

Rawls）的《正義論》，讀到這樣的一句：「人一旦愛，遂極脆弱（Once we love we are vulnerable）。」脆弱沒有什麼可怕，愛情和人生，本該如此。

不會脫節

在外面讀書之後，每次從香港來回都像返鄉下，行李總是爆滿。從英國回港，總要帶點衫褲鞋襪給家人朋友，什麼全球化都是騙人，本土才是王道，在英國買英國牌子，永遠便宜香港一大截。難怪古往今來，十個留學生，九個都走水貨幫補生計。

題外話一下，身邊有個內地同學，富二代，在這邊讀第三年碩士了（還未畢業），明明一年可完成的課程如何讀三年？原來她正職是做「買賣」，買是在英國買名牌包包，「賣」是在英國賣從大陸帶回來的手機殼、保暖褲，聞說非常好賣，賺到不少錢，肯定比寫稿的稿費多。

「正職讀書」交學費只為簽證不求畢業，至於怎樣讀三年都未畢業？首先要有個富爸爸，然後考試不及格就可以了。上年一起考試（對，在英國大學，讀到碩士都要坐在課室考final），三個小時的考試，三十分鐘未夠就舉手離開，全場目瞪口呆。據說下個月簽證終於到期，只能回國，到五月考試時才再回倫敦。不能一支竹篙打一船人，不過這邊遇過的內地學生，見過不少都千奇百怪，日後再談。

言歸正傳，從香港回英國，行李一樣爆滿overload，而且每次都非常苦惱。當然不是苦惱帶多少手機殼保暖褲去賣，而是苦惱帶什麼書過倫敦。讀書人嘛，像詹宏志老師所說，「書呆子相信凡事書中都有答案」，所以總要有書傍身，解決生活問題（最大問題是孤寂）。

生活在外，帶著熟悉的書在身邊，才能解思鄉之愁。每個讀書人，總有幾本書要放在身邊才能心安。問題來了，周保松的《相遇》是我的政治啟蒙，要帶；馬家輝的幾本散文（當然還有小說），要帶；董橋的更加要帶，像最新的《蘋果樹下》，寫的都是那些年董公走在倫敦街頭的人與事，我對亞非學院的想像多少都是通過董公筆下所知。這些都是自己愛讀的書，問題是，還有很多不太想讀，但跟自己研究有關的書，也不能不帶……。就是這樣，每次在家擺出幾大摞書進行篩選，然後跟那幾本「滄海遺書」暫別一下。

董橋以前在倫敦亞非學院做研究，他的另一本文集《小品卷一》，是其中一本我來倫敦後讀完再讀的書，書內再細分兩卷，卷一是「在倫敦寫的」，有他寫在「藏經閣」（即學校圖書館）的書與事，很想試一次按書索驥尋寶一下。《小品卷一》其中一篇文章，叫〈就是這個滋味！〉，董公寫他當年在英國寫文章，總被冠上「英國通訊」的欄名。他說「通訊文章」，應該要「千祈翔實……有新聞價值，又有文藝趣味的通訊，是再好不過了」，但同時要有一份「應有的悲涼」，為什麼？董公引了吳世昌的兩句詩：「故國風光好，久客心應碎。」

離鄉背井，始終悲涼。所以在報紙上這個專欄，就叫「英國通訊」，我希望內容翔實之餘，也可散發內心「應有的悲涼」。二十一世紀，留學生寫通訊跟走水貨一樣，都不脫節。

倫敦很危險

進了研究院之後，不時有人問為什麼選擇在倫敦讀書？我通常都回答：倫敦很好呀，像學校、書店，而且音樂會、博物館（還有兵工廠），都是世界首屈一指。不過倫敦也有一些基本的生活問題，像搭車食飯住宿都很貴等等。所以在Google Map顯示一個小時內可到達的距離，我都會步行；所以在一個星期中，我大部分時間都在家煮飯，盡量開源節流。唯一不能避免的就是住宿，雖然在倫敦露宿街頭肯定不會寂寞，因為真的有太多露宿者。

記得我說過「故國風光好，久客心應碎」嗎？倫敦再好，也不完美。

倫敦的地鐵，大概不少人都寫過鬧過，又貴又討厭，可惡之處罄竹難書。雖未至於最污糟，但你在月臺等車的時候，只要低頭望一望路軌，不騙你，幾乎每次都見到大大小小、一隻或一家三口的老鼠來回走動。上了車，車廂又矮又窄，連站直一點也不能（倫敦地鐵是歷史最久的地鐵，當年開鑿的隧道是圓桶形，所以列車也是怪怪的圓穹型車頂，因此倫敦地鐵也稱為Tube）；車沒空調，冬冷夏熱，因為要開窗所以非常嘈吵……。不數了，因為不會數得完，偏偏如此不堪卻是生活的必需，沒有地鐵的倫敦是更加慘不忍睹的。剛過去的星期一地鐵又罷工了，倫敦又癱瘓了。

地鐵罷工在倫敦是等閒事，分別只是罷工規模是大或小，或者由哪些工人發起罷工，有時是司機，有時是月臺工作人員，有時是列車維修人員。小型的罷工可能是某一兩條地鐵線所屬的工會發動，影響相對較小，而且工人談判籌碼較少，資方小恩小惠已經可以換來讓步，罷工隨時取消。而今次的罷工，算大規模了，罷工的是車站職員，抗議裁員減人手。工會說全倫敦兩百七十個車站只有十個開放，只剩巴士火車運行。學校還算體貼，立即傳來電郵，請同學們放心，今天的課都規定老師錄影錄音。

不喜歡搭車就走路吧，倫敦街頭是很好走的，至少天氣通常都清涼。不過也要時刻提高警覺，倫敦治安沒有想像中好（很多人以為歐洲其他城市的治安比倫敦更差，但我一些來自德國、義大利的朋友都說，倫敦比他們老家感覺更危險）。真人真事，我一個來自香港的電臺朋友去年來倫敦讀書，在宿舍到學校的路上，邊行邊按手機，一秒之間手中的電話就給一個騎單車的大盜搶走。案發時是光天化日，路上亦有不少行人，一樣無法無天，途人想幫忙追那單車大盜都追不到。

我自己也試過一次差點中伏，塞著耳機邊走路邊聽歌的時候，無端端有輛單車在我旁邊，忽然減慢跟我以相同速度前行，然後不斷跟我說話，我除下耳機，原來他問現在是什麼時間，我沒有理會之後，他很快就加速離開，沒有再問其他路人。

我估計，他想我拿手機出來幫他看看現在的時間，然後搶走電話立即逃走。你可能覺得我有點妄想症發作，不過這類搶電話新聞在倫敦很常見，之前警察就說，在倫敦街頭，平均每天（是每天，我沒有寫錯）就有三百一十四部電話被搶走。所以每個朋友來到倫敦，我一定千叮萬囑：不要在街上用電話。

文化差異

是香港人急，還是英國人慢？來了倫敦差不多兩年，平日除了思考自己的論文研究之外，想得最多就是這個問題。在應該很快的快餐店買個漢堡包，在一催再催之下，站在收銀機前等了足足半個小時，最後下單的漢堡包竟然變成魚柳包。我投降了，魚柳包也很好吃，不是嗎？在英國生活一定要學懂隨遇而安。當我三分鐘食飽之後，原本排在我前面的老外西裝大哥仍然在等，一邊等一邊鬧，而類似的畫面類似的場景，就像西區（West End）的歌舞劇一樣，每日都重複上演。

這一切都關乎兩個字——效率。香港人慣有效率，一切都理所當然，所以未必明白什麼是效率。再講多個「沒有效率」的例子：我持學生簽證在這邊讀書，在英國的電臺做兼職幫補一下，以學生簽證工作，理論上不需交稅進貢英女王。但出糧的時候看一下銀行戶口，薪水少了兩成多，原來都給政府抽起了，是稅金也是國民保險。

然後戲肉來了：我打電話給公司人事部，但電話小姐錄音說電話故障，明天應該修理好，到時再打來吧。明日復明日，明日何其多！過了差不多十個tomorrow我才打得通電話，輾轉再打電話給英國的稅務署，又等了那個永遠都大忙的客戶服務主任大半天。終於更新了我的個人資料，電話另一邊的小姐說：可以免稅了，很快就會退回稅項。到了寫稿的今日，這個「很快」仍未出現，看來只有再打電話跟稅務署搏鬥多兩回合才能解決問題。如果在英國生活，照樣以香港人效率至上的心態生活，輕則元氣大傷，重則人體爆炸當場噴血。

所以在這邊，時不時去唐人街食碟叉燒飯，懷緬的不止於食物，還有香港人的工作模式，就像聞名中外的旺記，你肯定可以重拾香港茶餐廳的氣氛。香港人就是喜歡這種近乎「非人性化」的工作模式，日常被老闆要求要像機器一樣高效而且無情，長期受虐之下逐漸享受受虐，就連食飯也要在如此高壓環境之下才「過癮」。所以「澳牛」才能夠在香港生存而且受追捧。

我喜歡看Google Map中食客對餐廳的評語，外國食客對旺記留低的評語好壞各半，但大半人都說：This is the rudest restaurant I have ever been to。這就是文化差異，這種港式高效風格，放在英國當中，外國人同樣未必接受得來。

講起倫敦唐人街，不得不提近年一大現象。早幾年來倫敦時，唐人街上餐廳的名字都很香港，像翠亨邨、正斗、灣仔閣等等，大部分門口都掛著幾隻燒雞燒鴨（英國人不食鵝，天鵝是英國王室財產，你食一隻鵝就等於食了英女皇的財產），食的都以粵菜為主。但最近唐人街不少餐廳都易手了，小香港變成小北京、小四川，燒臘變成麻辣鍋，就連本身是賣粵菜的酒樓，門口都貼上非常臨時、用A4紙打印出來的幾隻大字：「東北菜」、「四川風味」，遮蓋在「正宗粵菜」之上。

沒法子，強國富強香港難敵，政治如此，霧霾如此，就連倫敦唐人街也難倖免。字面上，唐人街依然是唐人街，不過微觀之下南去北來，這就是大趨勢。

拯救了我的聖誕燈飾

倫敦街上的聖誕燈飾，十一月中就亮起，氣溫也突然降至零度左右，彷彿燈飾的開關掣也操控天氣，說冷就冷，立即充滿聖誕氣氛。不像香港，萬聖節未過商場就播聖誕歌，大部分人還穿短衫短褲。

聖誕燈飾年年也差不多，香港海旁也好，倫敦街頭也好，都沒什麼新意。但倫敦牛津街和攝政街上的燈飾，仍然吸引著我，每次走過都想起兩年前的那一個夜晚，記憶太深了。現在想起來也覺得好笑，因為那不是什麼蕩氣迴腸的浪漫回憶，沒有跟誰一起在燈飾之下相擁互吻，也沒有什麼異鄉的邂逅豔遇。那只是一個孤獨宅男的故事。

兩年前的十一月，來了倫敦還只有兩個月，但忙得恐怖，每天都要應付讀完課堂書單上的文章，這已經是mission impossible。以前讀本科的時候，一門課在一個學期的課綱（course outline）通常只有兩三頁，每個星期最多三、四篇文章，當中只有兩篇打上「星星」，標註為必須讀的required reading，其餘只是參考之用（suggested reading），有興趣才讀。當然兩篇十篇都無分別，因為我們根本就不會讀。讀政治的學生，個個天生都有吹牛的本領。

到了倫敦讀碩士，一個學科一個星期的reading list已經兩三頁，還要讀三科，壓力大到爆炸。所以我跟很多從工作中休假一年、到英國留學的朋友說，書隨便看看就可以，難得能夠放低工作來到外地，感受生活比書本知識重要得多。讀書不是不重要，但如果只有一年時間，權衡輕重一下，感受倫敦生活還是比記住國際關係的現實主義理論（realism）有意義。

但我選擇了走讀書的路，讀書就是我的工作，所以必須拚命去讀，將書單上有的都讀完。那時候，雖然一個星期只得兩天有課，但那兩天也是我唯一會步出宿舍的日子。

除了將讀不完的書都盡力讀完，還要申請博士學位。兩年前我也真的鼓足幹勁力爭上游，學期開始未夠一半就想著博士論文的題目，然後寫計畫書、找指導老師，十二月就申請好了。你應該忍不住問：那麼讀書辛苦跟聖誕燈飾有什麼關係呢？

那時候雖然住在zone 1（市中心的位置），但真的接近一個月都沒有離開過宿舍的一公里半徑範圍之外。因為「黑色星期五」（十一月的第四個星期五，幾乎全部商店都會有大特價），上網買了幾件衫褲，收到之後發現不合身，所以要退換。本來走去郵局寄回退貨就可以，但難得有機會，就逼自己出去走走，呼吸一下一公里以外的空氣。

那天從宿舍走到攝政街，冷風刮面，走到中途就想放棄打道回府。走了大半小時終於走到，從小路轉出人來人往的攝政大街，抬頭一看，那些五光十色的燈飾已經亮起。那一刻竟然覺得感動，感動到眼淚莫名其妙掉下來。我知道這聽起來很荒謬，但當時的感覺是：外面世界原來如此美好、街上的人如此歡樂，我為什麼一直都沒有發覺到？就像陳冠中的《盛世》裡面、那些喝了有MDMA（興奮劑）成分的水的人一樣，覺得世界很美好。

現在回想，那時候壓力太大，又喜歡獨來獨往，不知不覺去到崩潰邊緣。就是那些燈飾，把我從書堆拉回現實之中，重新感受生活。

文化沙龍

朋友在德國念博士，有自己的辦公室，羨慕死我了。在倫敦大學亞非學院的博士生不是特權階級，除了每年比本科生多兩百五十頁的免費黑白影印、可以在圖書館多借幾本書之外，幾乎沒有其他福利。當然我們也有工作的地方，就在羅素廣場校園附近的哥頓廣場（Gordon Square），有一幢三層高的博士生大樓。但裡面只像自修室，工作間先到先得。我通常都走到地牢，選最前一排左邊靠窗的位置。

博士生大樓的地址是哥頓廣場53號，以前每天從大樓回家走到地鐵站，總會經過門牌46號的大門。以往寫過的Bloomsbury Group（林行止說是百花里族人），由當年倫敦重要的文化人組成，因他們的活動範圍都在百花里一帶而得名。而他們實際聚集、生活的地方，其中一個重要地點就是哥頓廣場的46號。作家吳爾芙、經濟學家凱恩斯都先後住過這裡，現在門牌之外，釘上了凱恩斯的藍牌，說明他曾經住在這裡（之前經過，見到藍牌變成彩虹色，在凱恩斯名字下面寫著Love Lived Here，因為凱恩斯是有名的雙性戀者，受到現在大愛運動的歌頌）。

哥頓廣場46號的大門後面，現在成為了倫敦大學伯貝克學院文學院的地方。這個地方的重要，不只是幾個百花里族人曾經在這裡住過，而是這群文化菁英曾經以這裡為主場，在每個星期四的夜晚舉行文化沙龍。

其中一個成員、畫家鄧肯格蘭特回憶說：「從晚上十點開始，一直到午夜十二點前，都會有人加入。吃蛋糕、喝威士忌，大家都會不斷的交談。」他說，Thursday evenings 就是「Conversation; that is all.」。在大門之後，彷彿一切社會禁忌都隔絕開去，沒有什麼不可以談。德國哲學家哈巴馬斯說的public sphere、討論批評著文化與藝術的中心，就是這樣。

早陣子我還在歐洲的時候，在倫敦、在蘇黎世都有朋友先後跟我說，香港也有這樣的聚會，名為「酒精沙龍」，囑我回香港的話一定要參加。沙龍的搞手都是研究香港的年輕學者，我去的那一次是第十五次舉行的文化沙龍，地點就在深水埗大南街186號的「合社」。就像那時候的Thursday evenings一樣，九點開始之後一直到十二點前都有人加入。

每次沙龍都會選個題目一起討論。或者是因為情人節近了，那一晚從討論粵語歌詞引伸至討論愛情。什麼是愛、何謂真摯的愛情、愛情是否隨著年代而轉變、「純愛」又是什麼一回事，再一次證明，手握著酒杯好像真的可以幫助思考。一杯又一杯紅酒下肚之後，想起了「其實傷心都不過為愛」，又想起了「因世上的至愛／是不計較條件」。

什麼是真摯愛情好像抽象，但兩者本身就不能分割，因為世間上本來就沒有不真摯的愛。酒精沙龍如此討論了愛，不知道當年吳爾芙凱恩斯等等對愛又有什麼結論呢。

上癮之必要

做學術研究、讀書聽音樂、喝酒喝咖啡，無論什麼事，只有上了癮才算真正喜歡，才能深入鑽研。上癮這回事，就是日思夜想、不做不舒服的感覺，會想做得更多做得更好，了解得愈深入就會愈興奮。至於上了癮之後，如何與之保持適當距離，如何拿捏得好、保持平衡生活（well balanced life），又是另一種學問修為。因為在現實上，specialist與geek就只有一線之差。

我努力避免自己成為一個XX geek的方法（成功與否就要靠我朋友來客觀斷定），就是分散投資、鑽研多過一種興趣，don't put all your eggs in one basket。而在倫敦生活就提供了很好的條件，可以培養各種不同興趣，因為倫敦就是一個可以讓你很隨意就得到不同方面最頂尖最一流的體驗的地方。

舉個例：喜歡古典音樂，不可能不喜歡馬勒。如果在香港，一年都沒有幾多場音樂會演奏馬勒；在倫敦，五個常駐樂團和其他地方來訪的樂團，一年之內至少可以聽到馬勒全套交響曲的一半。

幾天前看沙隆年（Esa-Pekka Salonen）指揮愛樂樂團演奏「馬勒第九」，去到最後的第四樂章、完結之前弦樂極為微弱（pianissimo）的演奏，音樂慢慢變小，最後沒有聲音、一切歸零，全場臺上臺下的人連呼吸都不敢。靜止了十多秒才有掌聲響起，那種停頓就是馬勒所寫的死亡「ersterbend」（dying的意思）。音樂不只是旋律和音符，靜止停頓也可以動聽。馬勒在寫完「第九」之後不久就去世，這首交響曲也在他死後才由馬勒助手Bruno Walter在維也納首演。

沙隆年是我最喜歡的指揮，都六十歲了，可能因為沒有大肚腩（不像梵志登、拉圖等等），這個芬蘭指揮（和作曲家）仍然非常有型。數一數，今年已經看了三次沙隆年指揮的馬勒，分別是第三、第六和第九。三場Bachtrack的評論都打滿分五星，其中「馬勒三」的那一場最近放上YouTube，馬勒迷不要錯過。

又舉個例：喜歡足球、懂得足球的，不可能不喜歡倫敦的，因為倫敦有兵工廠。雖然已經十多年沒有拿過英超冠軍；雖然我們（兵工廠球迷）經常給做客的球迷取笑不夠投入，往往一個角落的做客球迷，打氣聲都蓋過整個主場的球迷。一聽到「This is a library、This is a library」，就知道做客球迷又笑我們看球太安靜。

在倫敦，就算你沒有品味、不喜歡兵工廠，你還可以喜歡切爾西；又或者二十多年來，只曾試過一次排名高過兵工廠的熱刺。倫敦的球會，散布東西南北，所以只要是週末，不同地鐵線都會裝滿穿著特定顏色球衣的球迷。

倫敦還有很多的美術館博物館（像Tate、像Saatchi）、很多的威士忌小酒館（蘇豪的Milroy's非常不錯，店裡面還有一隻醉醺醺的小狗）、書店（寫過太多次了）、黑膠唱片店（Brick Lane上的Rough Trade），全部都是世界上最好的博物館酒館書店唱片店。無論你有什麼興趣，倫敦都可以滿足得到。又應該說：如果你沒有在倫敦上到幾種「癮」，實在是枉來倫敦。

倫敦指南

蔡瀾先生之前寫〈去倫敦吧〉，介紹一堆倫敦名店名餐廳，都是非常普通的推介，「旅遊書味」濃烈。朋友Sampson 黃宇軒乘勢在臉書推介了倫敦的十大地方，墳場書店美術館，都是喜歡在城市中走走逛逛的人必到的地方。

在十大地方之中，黃宇軒提到巴比肯（Barbican），這是我在倫敦第二喜歡的地方。巴比肯是藝術中心，用混凝土建成的粗獷建築群是每個城市研究者心目中的天堂，有屋邨有戲院有劇場，還有音樂廳和全英國第二大的溫室，不過溫室在指定的假日才開門，我還未去過。我去巴比肯都是為了聽賽門．拉圖（Sir Simon Rattle）、聽音樂會，倫敦交響樂團跟ＢＢＣ交響樂團都是這裡的駐場樂團。

聽音樂會之前我通常都會在平臺的餐廳吃飯，自己拿個盤子、選個主菜，然後到櫃檯結帳，最重要記得買那個比拳頭還要大的英式鬆餅（scone）。只要不是嚴寒，都應該坐在餐廳外面，四面圍著的都是巴比肯的建築，拿支啤酒坐在水池附近的樓梯級，或聊天或發呆，這是倫敦的寫意。

黃宇軒拋磚引玉，囑我也選十個地方推介一下，我想來想去都決定不來，怕順得哥情失嫂意，唯有只選一個，one and the only one。熟悉我的人都知道我選什麼地方了，那一區的國會議員代表是工黨黨魁柯賓，那一區叫Highbury and Islington。沒錯，就是兵工廠的球場了。

真正喜歡一個地方就會想在那個地方住下來。每次我看比賽之前和看完比賽之後，總要慢慢從球場順著人潮迫到地鐵站，而每次在這段明明三分鐘就走完的路程、要慢慢迫三十分鐘的時候，我都會抬頭望望兩邊的房子，都想：如果可以住在這裡就好了。

不喜歡兵工廠的人不可能住在這裡，因為這裡經常人頭湧湧，而且球迷大叔走過又會經常無故唱歌大叫，嘈到拆天。你喜歡兵工廠的話，那些歌是熱勝紅日光的熱血；但如果你不是兵工廠的球迷，那就是恐怖的噪音。

那裡的每間房子都會像《聖經》的出埃及記一樣（以色列人要在門外塗羊血，表明以色列人的身分，以免上帝殺掉家中的長子），都會在窗上掛一點跟兵工廠有關的裝飾，這是「廠迷」的象徵，也是「自己人」的意思。如果兵工廠落敗了，球迷憤怒的話也請不要洩憤於這裡的鄰居身上，要擲磚擲石的話也不要擲錯自己人。

去兵工廠看比賽也好，光去球場逛逛也好，如果要在附近找餐廳的話，球場外有間越南餐廳非常好吃，就在Holloway Road 站的對面。如果在英國吃得太多炸魚薯條的話，一碗熱騰騰的越南湯河，會是你腸胃最需要的食物。

食在倫敦

很多朋友在外國讀書生活，幾個月後就發福發脹，衫褲都要全部買大兩碼。我是難得異數，前年九月初去倫敦，半年之後回港一趟，上磅一秤，足足輕了四十磅。去英國幾年，換來學位之餘，還將所有討厭難減的贅肉都減走了，是一箭雙鵰。

不過，四十磅不是小數，半年更不是長的時間。家人朋友以為我偷偷去了抽脂纖體，個個都問我究竟是哪間公司的療程如此有效，可否私下轉介一下。也有人說，一定是英國的食物太惡劣了，董橋先生最喜歡的英國作家毛姆（Somerset Maugham）就這樣說過：「在英國要是想吃得好，你必須一天吃三次早餐（To eat well in England you should have breakfast three times a day）。」

這句話說對一半，尤其是對初到英倫的人來說，缺乏「搵食」的經驗，胡亂選一間餐廳隨時中伏，隨時出事。試過在聖誕節那段時間，英國人都過年過節，很多餐廳都關門，那段時間仍然開門搏殺做生意的都是高危的餐廳。平安夜的晚上，走到宿舍附近一間日本餐廳吃晚餐，平常路過通常都沒幾檯客人，那天晚上難得滿座。差不多三十鎊一份定食，單單是頭盤的兩件豆腐壽司，就令我想起在香港、驚天地泣鬼神的

「紅豆軍艦壽司」。假期之後，那間日本餐廳恢復常態，繼續只有一兩檯客人。

我說毛姆只講對一半，因為倫敦還是有好的餐廳，不必每天都吃三餐English Breakfast，關鍵在於你找不找得到。找對了，就stick with it，那就萬無一失。像在唐人街，現在時移世易，北方菜四川菜愈開愈多，粵式點心小菜買少見少，要找一家酒樓吃點心也愈來愈不容易。倫敦唐人街旁邊有條小巷，小巷上有間粵菜叫新醉瓊樓，每次食過之後都覺得回了香港一趟。在外地吃中餐、飲茶食點心、用廣東話點菜，為的都是一解鄉愁。

香港人的第二個家鄉是日本，所以在倫敦也要找日本菜。西倫敦的Finchley Road是日本人在倫敦的集中地，日本餐廳特別多，有間餐館叫Café Japan，坐在壽司吧檯，點一個omakase，由日本師傅福島先生發辦、一共十四款壽司，非常不錯，比在香港一般吃到的日本菜都要好。

不過在倫敦出外吃飯，都是高消費，動輒幾十鎊，所以根本不可能天天出外食飯，只能自己煮。去倫敦之前，我是典型港孩，幾乎連電飯煲也未用過，現在兩年未夠，我已經進化到可以自製蘿蔔糕的地步了。原來，在外地生活不止是取得學位和成功減肥，而且還學會了煮飯求生。這是一箭三鵰的經驗。

三個錦囊

又是開學的季節，學校總是人山人海。只有在開學的頭一兩星期，學校才會如此熱鬧多人。五個星期之後、學期中間的reading week是分水嶺，幾乎一半的人都會逃學，課室空位多了、飯堂不再需要等位，就連轉堂時間學校門外抽菸的人都少了。即使有一半人選擇堅持選擇繼續上課，他們都面色灰沉雙目無神，如行屍走肉。無論英國無論香港，其實都一樣，全世界大學都有同樣現象。

我在這裡日常遇到的都是研究生，不少像我一樣都離鄉別井，來這裡讀一年碩士。相比鄰近的政經學院和倫敦大學學院，亞非學院不多香港人。有些朋友今年也來讀書，知道我在這裡，問了不少在倫敦生活的問題，像租樓像物價像吃食，似乎做外地升學顧問比研究政治有市場得多。既然如此，就寫三個倫敦的生活錦囊。倫敦治安不好、走在街上不要低頭用手機、倫敦有什麼好餐廳等等，這些就不多說了。

第一個錦囊：在倫敦最好不要搭計程車（包括uber）。價錢是一個問題，特別是街上那些傳統黑色倫敦計程車，最好不要試，因為車上面的咪表比我的心臟還要跳得快，不消三分鐘，轉兩個街口已經跳到十鎊。另一個大問題是塞車，倫敦的塞車問題是香港的幾倍，由早到晚、二十四小時都是peak hour。

第二個錦囊：留學生活，通常都刻苦，差不多個個都試過財困，都要緊縮開支，古往今來都一樣。李歐梵教授在《我的哈佛歲月》說，在他的留學時代，肉鬆三文治是他的充飢方法。英國的窮學生似乎比在美國的窮學生幸運，每日下午一點在亞非學院門外，就有印度教團體在派飯，這個世界真的有免費午餐，只要排隊就有。手推車上面有兩個大桶，一桶是飯，一桶是咖哩，通常還有甜品或生果。不只排隊吃飯的人高興，學校附近的白鴿也高興，全部飛過來吃地上的飯碎。

第三個錦囊：星期日是用來休息的。倫敦的大部分商鋪，星期日下午五點就關門。以前在我家樓下的商場，有一家玩具店，逢星期日都關門，門外貼上一張告示說：星期日是家庭同樂日，所以店員要陪他們的小朋友。我想，有些家長可能只有星期日才有空陪小朋友買玩具，那天小朋友拖住爸媽的手，興致勃勃去買玩具，去到門口才發現：星期日休息。我是那個小朋友的話，應該會喊到拆天。

我以前常常投訴倫敦商店星期日這麼早就關門很不方便，不過我最近到瑞士蘇黎世開會之後，就覺得倫敦很好了。開會之後，我特地多留一天想在城市逛逛。那天是星期日，瑞士的星期日是全日休息，超級市場也不例外。那天早上我從酒店退房之後，走了大半天，都找不到一間開門的商店。

幸好，終於找到一間有開店的酒吧，酒吧還有英超足球的直播。不過，兵工廠還是落敗了。

Rudolf-
Brun-Brücke
15

暫別英倫

來到十二月，準備動身離開倫敦。不過讀者不必恭喜，不要以為我已經學有所成終於畢業，因為現實是：距離可穿著火紅長袍（亞非學院的博士袍是火紅色的）的日子尚遠，前面還有一萬里。離開倫敦，是因為要到臺灣進行「田野調查」，蒐集數據。

這個世界永遠都是「你看我好、我看你好」，而學術以外的人又總會覺得讀書做研究的人最好，因為生活沒有「朝九晚五」的規範，因為我們對「最近忙什麼」這問題的答案，永遠都是「看看書、寫寫東西」，聽起來都無所事事。不想過分victimize學術生活，初嘗學術研究生活幾年，時間的確比大部分人都自由。只是各行各業各有難處，象牙塔裡生活孤單、消磨意志。

做學術研究的「好處」是常常飛來飛去，但實際上就跟我之前說過一樣，是居無定所，像杜甫說的「漂泊西南天地間」。現實生活不像電影裡面的主角一樣，總可以在兩秒之後，換個鏡頭，就從這個城市搬到那個城市。每搬家一次，都耗盡心力，什麼應該留低倫敦、什麼應該搬到臺灣、什麼又應該寄返香港。搬了幾次之後，東西散落各地，我幾乎連自己此刻身在何地也快搞不清……

收拾好之後，還有三兩天時間，將平常在倫敦最喜歡做的事都做一次。要暫別這個城市，竟然有點不捨。我走到倫敦的南岸，天早已黑了，冷得要命，在河邊特別大風。但我還是想在河邊走一會，因為這一段路都是我在倫敦最喜歡走的路。將大衣扣好、用頸巾把自己裹著，迎著風，每一步都覺得自己在跟世界對抗著。從倫敦橋起行，終點是西岸的國會西敏寺，途中走過Borough Market、Tate Modern等等。

走入皇家節日音樂廳旁邊的國家劇院（National Theatre），那是粗獷主義的其中一座代表建築。建築師是Denys Lasdun，亞非學院圖書館也是他的作品。最喜歡到劇院的餐廳，點杯咖啡、一塊布朗尼，嚴寒天氣總是攝取多點熱量的最好藉口。充一充電之後繼續向前走，走到大摩天輪。倫敦眼給燈光打成紅色，因為都給可口可樂贊助了。

迎面走過的是一對戀人，男的拖緊女、女的抱著狗狗毛公仔，一臉幸福快樂。在冬天，倫敦街頭的情侶都是這樣，都是去完海德公園的Winter Wonderland，那個男的要麼「擲彩虹」、要麼「跑企鵝」，中了獎，贏了一隻毛公仔，也贏了善女子的心。

離開倫敦，短暫停留香港之後就會轉到臺灣，待到明年九月才回倫敦，所以專欄也慢慢從寫英國變成寫臺灣。董橋先生當年寫《舊時月色》，說的也是英國和臺灣的故事，能夠有這樣的機會在同樣的地方寫人和事，是我最大的榮幸。

北上蘇格蘭

上星期家人來了倫敦。農曆新年一家四口離開香港出外旅行，這幸福的習慣，隨著我和姐姐長大畢業之後開始變得奢侈，幸運的是姐姐工作之後，至今仍然每年請到假，可以一家齊齊整整出外走一走。最近兩年因為我讀書的關係，旅行的地方都是英國，看來還有幾年要在倫敦團聚。

家人一來，倫敦就變暖，我笑他們是太陽神，就連往北走去蘇格蘭愛丁堡也絲毫不冷。他們甫回港，氣溫立即降回攝氏一度，而且下著雨，又濕又冷又陰天的倫敦最討厭。今年的倫敦比去年冷得多，雪也下過好幾遍了，雖未至將街頭漂白，不過雪像棉花一樣飄下來，溫柔地落在頭髮、眼鏡上面。走在街上無論是散步抑或趕路，都覺得浪漫。或許太冷，一群脹卜卜的小雀像燈泡一樣，圓碌碌的站在樹枝上，不斷吱吱喳喳，肯定是投訴樹上沒有樹葉幫忙擋風冷得要命。

每次爸媽過來，總將可以帶來的東西都帶過來，像臘腸像冬菇、像蝦米像蛋卷等等，如果飛機像以前一樣可以攜液體上機，我會請他們幫忙外賣一碗小辣的麻辣米線空運過來。當然最重要還是帶些新書，像村上春樹新出版的《你說，寮國到底有什麼？》。

除寮國之外，還有村上先生寫在冰島芬蘭美國等等的遊記。村上春樹的遊記很好看（有哪一本書是不好看呢？），像很久以前的《如果我們的語言是威士忌》，寫蘇格蘭的小島艾雷島（Isle of Islay）。所有人，無論本身是否愛喝威士忌，讀完都想喝一杯煙燻味濃的雅柏十年（Ardbeg是我和村上先生最愛的酒廠）。關於艾雷島，這個只有三千多人居住的小島，無論是島上的人、羊，抑或威士忌，都有足夠寫成一本書的故事。

這次家人來英國，沒去艾雷島，不過也去了蘇格蘭的愛丁堡一趟。數一數，這是我來英國之後第五次北上蘇格蘭了，之前幾次都是為了去艾雷島或高地（Highland），總是先到格拉斯哥然後轉車轉船轉飛機。人在倫敦，去蘇格蘭是方便容易的。相比起飛機，我更喜歡乘火車上蘇格蘭，穿過高雲地利（Coventry）、伯明翰和湖區等等，五個小時左右的路程，很快就過。我怕搭飛機，由出門到機場到上機，然後落機又要從機場返回市區，加起來往往比火車還要費時。搭飛機這回事，還是可免則免。

蘇格蘭是個有趣的地方，不要以為愈近北邊食物會愈不靠譜，蘇格蘭的餐廳通常都很不錯，無論在愛丁堡抑或艾雷島。像今次去愛丁堡就找到一間很有性格的韓國餐廳Kim's Mini Meals，面積很小，只有七八張檯，每天開門三小時（我沒寫錯，是一百八十分鐘的三小時），是米其林推薦的餐廳之一。去愛丁堡的話都一定要食。

在蘇格蘭旅遊，只有兩個問題，第一是充滿口音的英語可能有點難懂；第二是他們通常在付錢找零的時候，找回蘇格蘭銀行的鈔票，這些鈔票當然（還）也是英鎊（蘇格蘭還未獨立！），但在英格蘭就不流通，店鋪通常拒收。遊完蘇格蘭還剩這些鈔票，最佳的處理方法，就是再去蘇格蘭，下次再用。

避走日本

今年英國實在多事，如果英女王需要像香港的劉皇叔（兩年前開始由劉大公子繼承此任務）一樣，每年到車公廟為香港求籤的話，今年她為英國求的籤應該是下下籤，是不吉利之中的不吉利。先是連串恐襲，然後無端端舉行選舉弄出一個弱勢政府，最近還燒了一場通天大火，一夜之間奪去幾十條人命。

在那場大火中，我在亞非學院政治系的博士班同學羅比（Robbie）就住在那棟大廈的十七樓。他說，火警鐘響起的時候他在屋內看電影，聽到警鐘之後向窗外一望，見到樓下火光熊熊，立即叫醒女友，然後二話不說就背起六十八歲的阿姨，一口氣走十七層樓梯衝到地下。撿回性命，但就失去所有家當，讀書人最重要的書和電腦都通通燒掉。羅比有一半黎巴嫩血統，博士論文研究哈馬斯和真主黨的關係。讀博士之前，他在大學裡面教方法學，以前的學生為他搞災後眾籌，希望可以籌一點錢、合力幫他渡過難關。

英國多事，所以之前短暫回香港兩個星期，避避風頭。還抽空去了一轉日本四國，給自己放一個假，充一充電之後回到倫敦繼續搏殺。難得去到日本，當然要趁機會從四國高松，北上東京，探探在日本工作的老朋友K。有幾個方法可以從高松上東京，正常一點的選擇有內陸飛機也有新幹線，但我選擇了最便宜的方法——夜行巴士。

選擇夜行巴士不是純粹為了省錢，而是一種情意結。村上春樹的小說，我第一本讀、也是最深刻最喜歡的是《海邊的卡夫卡》。小說中的主角、十五歲的田村卡夫卡離家出走，從東京逃到高松就是搭夜行巴士，所以我一直都想體驗一下搭夜行巴士穿梭日本的經驗。這次跟田村卡夫卡相反方向，由高松搭上東京。

東京和高松的距離很遠，十多個小時不斷趕路，巴士雖然每兩小時都停下來，但只是為了輪換司機，而不是給乘客下車伸展一下。夜晚八點半準時開車，除了開車沒多久之後，停了一間便利店給我們買點食物之外，一直到九個小時之後，才在東京郊外的海老名休息站，停下來給我們去洗手間梳洗一下，因為已經是一大清早、新的一天了。

K是我中學和大學的同學，以前每天在學校見到，一起吃午飯，考完試後打機打撞球，都是美好的回憶。現在各自都離開香港闖天地，每次相遇都真是久別重逢了。

難得一見，所以都要燃燒所剩無幾的青春，吃飯、打撞球，然後喝酒、唱K，步出澀谷已經差不多凌晨五點，天已亮了。他說，在日本工作永遠都鬥不過日本人。鬥什麼？鬥在日本職場文化中生存下來。在日本工作，除了不會放假、不會休息，下班之後還要不斷喝酒，喝到凌晨四點天亮，回家沖涼之後就返回公司繼續工作。

那天是星期五的早上，我們朝早五點在澀谷坐頭班車回家，沿路見到一個醉到不省人事的西裝大哥，睡在花槽中間，手裡還緊緊握著公事包。我只能拍拍K的膊頭，跟他說聲：Genki！加油！

聽風的歌

富二代劉鳴煒說過，少去一次日本可以有助儲首期買房子。但對我來說，去少一次日本就會少見在東京工作的老朋友K一次。朋友與首期，我選擇朋友。

有看我專欄的，多少都聽過K是何許人也。中學老同學，大學畢業之後一起離開香港，我去英國走學術路，他去東京實踐兒時宅男夢想，在日本大企業工作。「故國風光好，久客心應碎」，我們怎會不明白？現在我們各散東西，所以有機會回到香港，總要想辦法去日本一趟，像回鄉探親，一年一兩次也不過分。我不是自我安慰，多得廉航發展起來，撿到一張平機票的話，去東京比去北京還要便宜。

這個年頭，飛機早已跟火車巴士無異，在英國的時候，有推廣的話（不難遇到），十鎊八鎊就可以飛去歐洲不同城市，一定比坐火車省錢。不過話說回來，火車還是有捧場客，我就是其中一個「火車忠粉」。搭火車不用長途跋涉去機場（在英國，去機場的時間比搭飛機還要久），也不用左脫右脫、幾乎要脫光的安檢。而且我有一點飛行恐懼，每次降落都會頭痛，痛得像五雷轟頂，降落前必須吃止痛藥才能安定下來。

這次凌晨四點降落東京，天未亮就出到市中心。本來想直接去築地市場，但實在太冷太餓太累了，在住處附近見到一間二十四小時的烏冬小店，想也不想就衝了進去。點了一碗熱烏冬，熱湯像暖流一樣灌入食道，將冰冷了的胃融化，整個人從裡到外的暖起來。如果在倫敦也有這樣通宵營業、賣熱湯麵的食店，那多好呢？

人愈長大，反而變得愈脆弱，很多東西都覺得不容易，簡單如跟老朋友見面也要飛越半個地球。我們兩人一見面，就有說不完的話，大家也壓根兒知道，下次再見可能又要一年半載。所以我現在每次去日本跟他都有固定的節目，吃晚飯、打撞球，然後吃消夜、喝酒，總之就是沒有睡覺的時間。

我們誤打誤撞的去了一間小酒館，酒館是樓上鋪，週六晚上也沒有很多客人，除了我們兩人，就只有一對年輕情侶在玩飛鏢。我們走到裡面的「波檯」，打了幾局之後，情侶也走了。我們坐回吧檯，點了杯highball（威士忌加蘇打水），整間酒館只餘下我們兩人，和酒吧老闆Jack。我不知這位酒保是否真的叫Jack，只是整個畫面太過村上春樹，就像《聽風的歌》裡面的情節一樣。K就是「我」，我就是「老鼠」，那麼酒保當然是「傑」。如果酒吧播放的音樂從紅髮艾德（Ed Sheeran）的〈Shape of You〉，轉為奇斯．傑瑞特（Keith Jarrett）在一九七五年的科隆音樂會（*The Köln Concert*），那就更好了。

我們一直坐到酒吧打烊，出來望望手錶已經早上六點，附近浴場剛剛開門。我們還以為可以獨霸浴場，但一入去，看見鞋架已經有鞋，裡面全部都是大叔。朝早六點的浴場是大叔的世界，我們此刻都成為大叔。

電視節目有好多種

我和在東京工作的K一樣，這兩年來都生活在外，習慣了異鄉生活，沒有大排檔、沒有麻辣米線，也沒有電視看了。

英國和日本都一樣，電視不是免費品，就算是看國營的BBC或NHK都要付費（TV licence），一年一千多港元。在村上春樹小說《1Q84》中，男主角天吾的父親就是NHK的收費員，要逐家逐戶拍門，看看哪戶人家未交電視費。我問K有沒有遇過天吾的父親（收費員），他說他好運，到現在還未遇過。我和K都奉行緊縮政策，而且根本沒有時間，看電視這麼奢侈的活動（金錢上和時間上）還是可免則免。

不過K說，現在無論家中有沒有電視，只要「不幸」有收費員走上門拍門，就要乖乖交電視費。因為這個年代有智能手機就等於有電視，一樣可以接收電視信號。日本的法例是，不管你有沒有實際收看NHK，只要有接收得到信號的設備，就必須付費，否則就違反「放送法」了。英國比日本人開明，說明只要你沒有收看（無論是電視抑或網上）BBC的內容，就不必收費。

搬了家之後，雖然面積小了、車聲多了，但多了一臺電視機，而且租金包了電視費用。早兩天夜晚打開電視，播著英國電視「第四臺」（Channel 4是英國第四個免費電視臺），節目名叫《Naked Attraction》。去外國生活就是要增廣見聞開眼界，就是坐在家中看電視也一樣可以開眼界。

香港政府都有說：「電視節目有好多種，但真的不是每個節目都適合小朋友收看」。《Naked Attraction》是個交友相睇節目，不過最驚天地泣鬼神的地方，在於節目的金句：「We like to start where a good date ends……naked.」每個參加「求偶」的人（有男有女也有跨性別，有異性戀有同性戀也有雙性戀），可要從六個對象中選擇一個去約會，這六個人首先要裸體站在不透明的圍板內，然後圍板升起至肚臍的高度。參加者（求偶者）要根據六個人肚臍以下（包括沒有打格仔的生殖器）的外觀，剔除一個不喜歡的參加者。然後圍板再升高，裸露至頸部以下，餘此類推，不斷篩走參加者，最後選出真命天子（女），來一場穿上衣服的約會（an unstripped dating）。

赤身露體、肉搏相見，理論上是一段關係的里程碑之一。節目反其道而行，說要破除所有將人定義的事物，節目劈頭第一句就是問「What would happen if we were stripped of all the things that usually define us?」這是荒謬至極的電視節目，將裸露的身體器官不斷放大特寫比較，這不只是鼓吹以貌取人，而且是以生殖器取人，是赤裸裸的色情。

社會不應封閉，但開放也不等於淫蕩。這個節目放在黃金時段的大型電視臺播放，而且已經是第二季了，情何以堪？我喜歡有篇評論這樣說：「Oh, and one last thing: it’s very difficult to watch it and eat at the same time, which I resent.」可憐的我在看此節目的時候，剛剛開始晚餐……

香港小姐

最近在中學同學的朋友群組，流傳一張同班同學參選港姐的照片，引起朋友之間一陣轟動。在照片中，她擺好姿勢站在那塊「二〇一八香港小姐競選」的掛牌前面，稍稍向右側身望向鏡頭。

我本來帶點質疑，因為我記得她的英文名字跟傳媒所報導的不同（但我實在記不起她本來的名字是什麼，只肯定不是如此「ＭＫ味」濃的英文名），輪廓也好像變了不少。但經朋友求證一輪之後，說她確實是當年那個神祕的同學。想一想，這個年頭在臉上、在身體上加減乘除一番其實是平常事，輪廓不同了也正常不過，真的十年如一日才更值得懷疑。只要變得更好、變得更美就可以了。至於實際上有沒有變好變美，她覺得有就足夠了，就像她一定覺得今日這個英文名比以往的那一個英文名更好一樣。

說她是神祕同學，因為她總是神出鬼沒。我們普通學生，一個星期營營役役上課五天；而她卻不知為什麼總在一星期之中有兩三天缺席，所以她坐的位子通常都只得一張空櫈。就算她有回校，也通常遲到，然後整天低頭睡覺，或在抽屜下偷偷摸摸玩手機，彷彿無時無刻都在表達對體制的不滿與反動。當年面對末代會考，全班都壓力爆煲，唯獨她永遠都一副志不在此的從容模樣。原來她志在那個Miss Hong Kong的冠冕。

中五畢業將近十年，朋友說她在電影跑過龍套，又有朋友說她做船務，專門賣澳門船票。我記得有一回在倫敦街頭好像見過她，不過也沒打招呼，除此之外都沒有見過面了。見到她參選港姐之後，我在臉書找了一下，發現我們之間連臉書好友也不是，所以非常肯定她沒有讀過我寫的任何一隻字。當然，我也沒有看過她的電影（也可能看過但沒有找到她）。

很多時候，每次看到一些昔日的同學，現在過著跟自己很不一樣的生活、追逐截然不同的目標時，我都會覺得很奇妙。奇妙是因為我們在如此不同的人生中，竟然曾經有過幾年時間，很近距離的在一起生活，在一個特定的空間底下有過「同學」這關係。

我想起跟林奕華導演的一次對話，那時他在準備《機場無真愛》這齣舞臺劇，我們談到機場的特別。他說機場是個很有寓意的地方，因為機場的日常都充滿矛盾，無時無刻都有相遇和離別。但我每次想起機場，都覺得機場很像一間學校，而每個學生都是飛機，各自有著或遠或近的目的地。在起飛之前，幾架飛機停在附近；到起飛之後，大家飛到不同的地方，很可能從此都不會再見面。學校就是這樣將風馬牛不相及的人都拉在一起。

朋友跟我打賭，說她首輪止步。但我決定延續我最近看世界盃的精神：鋤強扶弱，支持她勇往直前，榮登香港小姐的寶座。同學，加油呀！

臺式世界盃

世界盃大概是世界上唯一一件事，可以吸引整個地球的人一起參與。就像臺灣人，明明本身就不愛看足球，日常報紙上的體育版甚至不見足球的新聞，來到世界盃還是忽然狂熱起來。林飛帆開玩笑說，他連C羅究竟是西班牙人還是葡萄牙人也搞不清楚，不過也不重要，兩隊都如此努力如此拚勁，貫徹獎門人精神：打和就最好了。

在臺灣短租的地方，本來有部電視機，但這麼幾年以來一個人的生活，早就習慣沒有電視的日子，與其長時間駁通電視和那個小小機頂盒的電源，索性拔除，減少無謂的耗電，一來保護地球，二來省電費。屋裡本身還有一個小冰箱，但既然房間不能煮食、樓下也有便利店，根本就無冷藏之必要，冰箱電源當然也一樣拔掉可也。我買書太多，書架早已放滿，要物盡其用，我把這個不冷的冰箱也變成書櫃。

說回電視機，趁著世界盃開鑼，還打算接駁好來看看球賽，將電線左插右插一輪之後還是接收不到信號，掃興到不得了。不過臺灣人還是「佛心」爆棚，不像香港一樣要電視臺皇恩浩蕩才有十多場賽事是免費直播（當然實際上也是國際足協的規定，在合約中指明電視臺必須免費播放部分賽事）。在臺灣，取得正播權的那間電視臺在世界盃開幕之後，公布了最新消息，說六十四場賽事都會全部在網上免費直播，不過免費收看的話就沒有高清。但看足球又不是看愛情動作片，高不高清其實都沒有太大關係。

相比起沒有高清的質素，旁述才是更重要的事。旁述這工作殊不簡單，要集聲線不沉悶、內容充實、語言精準於一身的人實在不多，何輝、馬啟仁、丁偉傑算是香港近年最好的旁述。免費電視臺一向對旁述質素這回事都不太重視（其實不止旁述，那個在香港獨市壟斷的電視臺又何曾重視過「質素」？），好些年前曾經找來陳寶珠公子客串旁述，表現慘不忍睹。

至於臺灣電視臺的旁述也一樣特別，充滿「臺灣特色」。例如介紹出場陣容時，很喜歡說「門將的部分是××、後衛的部分是××」。「××的部分」是平常在臺灣吃飯最常聽到的說話，例如當你吃完前菜之後，他們總愛說「這個前菜的部分可以幫你整理一下嗎？」前菜就前菜了，什麼是前菜的「部分」呢？實際上，這種「臺腔」語言是一種偏執抓狂的多餘。所以聽到「門將的部分」，我差點以為旁述想要說「整理一下」。

另一個有趣的地方，是在整場比賽中，他都說「這就像在籃球裡面的……」，說了很多很多次。可能在這個旁述心中：足球就是不能用手打的籃球，那個在球場上引來眾人追逐的球體只是一個白色的籃球。

看球賽看到半夜，開始肚餓。落街買了一份鹽酥雞「醫肚」，今年是我的臺式世界盃體驗。

一個年代的終結：再見溫格

關於足球、關於兵工廠，我這個每年都準時交兵工廠會費的會員，也因為兵工廠而選擇到倫敦讀研究院的球迷，可以有寫不完的話題。但畢竟專欄在副刊，除非有大事發生，要寫足球的話都總要拉上政治或文化才算適切。這星期，大事發生了，兵工廠領隊溫格宣布季尾離任，結束二十二年的兵工廠生涯。

著名美國政治學者E.E. Schattschneider 說過一句話，他說：「Modern democracy is unthinkable save in terms of the parties.」（沒有政黨的現代民主制度是不可思議的事。）對我來說，「Arsenal is unthinkable save in terms of Arsene Wenger」，即使我曾經有份在現場向溫格喝倒采，即使我覺得他一早就應該離開。因為沒有溫格的兵工廠是不可想像的，我十歲開始看足球，那時候溫格的兵工廠如日方中，每年跟曼聯爭冠軍鬥得你死我活，那是十五年前的事了。現在，兵工廠變了跟班來（Burnley）鬥得你死我活，爭第六的位置。球隊中有四個球員是在溫格一九六六年執教兵工廠之後才出生，而溫格還是領隊。

連續執教二十二年這概念在現代足球來說，在費格遜（Alex Ferguson）於五年前退休和溫格離任之後，應該後繼無人了。就是要在電腦遊戲「足球經理人」（Football Manager）中連續玩二十二個球季，一方面不給球會「炒魷」，另一方面自己也堅持得住完成二十二個球季，都非常困難。

更何況在現實世界裡面，除了近年贏過三次「盃仔」足總盃之外，十四年來沒有贏過英超、曾經連續九年一隻盃都沒有贏過（不計那隻在季前熱身賽、自己頒給自己的酋長盃之外）、頭號球星相繼出走，到最近兩年還要給死對頭之中的死對頭、同樣位處北倫敦的熱刺爬頭。經歷過這麼長久的低潮，能夠撐到今時今日才離開球隊，要成就這二十二年的故事，無論是球會抑或溫格本身，唯一原因就是——人情味。

溫格In or Out的問題，像理性與感情的對決。感情是溫格帶來過很多成功，也將球會長時間維持在頭四位之中（直至上年開始跌出前四）。當這兩天看到很多人寫溫格的功過，當然會提到他給英國足球的種種貢獻：像改變球員的飲食（將以往炸魚薯條啤酒變成「有營」餐單），像堅持地面短傳進攻（而非傳統英式的高空轟炸、狂跑狂衝），像眼光獨到的將球員改造（亨利、雲佩斯以往都是翼鋒，改造之後變成頂級射手）。溫格還有很多很多的貢獻，數之不盡。

而理性呢？就是戰績持續低迷就應該換人，人情味可貴但終歸不能當飯吃，球場上最重要的還是勝負。像很多球評人所言，其實球會能讓溫格執教到今日，已經很寬容很仁慈了。

今個球季是兵工廠近二十多年來打得最差的一年，球迷在比賽日的時候，租用飛機、拉著寫上#Wenger Out的banner在球場上空盤旋，溫格終於離開是眾望所歸。但當他真的發出聲明，說要在季尾離開的時候，我卻覺得失落，覺得一個時代真的要結束了。因為每個星期看兵工廠比賽的習慣，從小學開始坐在電視機前，到後來讀博士、真的坐在球場當中、眼前就是站在場邊的溫格，在我成長的這段時間，除了我家人之外，原來只有溫格沒有改變過。

兵工廠的球迷有句自我安慰成分很重的標語，掛在球場之內，大大隻字寫著「You Can't Buy Class」。針對的當然是近年兩隊給油王或酋長買下的切爾西和曼城。錢可以買球員買冠軍，但買不了Class。究竟所謂的Class 是什麼？是球隊的歷史？還是冠軍的數目？全部都錯，因為說到底我們口中的Class，其實就是溫格，就是那個永遠都西裝筆挺、綽號「教授」的溫格。

相聚離開，都有時候。球員也好教練也好，始終都有離開的一天。在每個球季的最後一場主場比賽，全部球員都會在比賽完結之後、圍繞球場走一圈，多謝球迷一年以來的支持，也是一個短暫的道別，因為每年都總有一兩個球員退休或離隊。前年的時候，我最喜歡的一個球員——捷克的羅西基要離開兵工廠，其他兵工廠的球員也一起穿了他的7號球衣來送別他。我旁邊的英國小男孩，雙眼通紅不斷向球場揮手。

我拍一拍小男孩的膊頭，跟他說：「聚散有時，這就是人生了。」不過，我不知是因為他還年輕，抑或不懂中文，他不知道我在說什麼。不過，他始終有一天會明白的。

夢碎與幻滅

都怪以前的電視劇拍得好看，看了《衝上雲霄》還有日劇《夢想飛行Good luck》之後，見到木村拓哉可以有型如此，怎會不想成為飛機師？

還記得十歲八歲的時候，坐日航的飛機，飛機上攞了一些明信片可以任拿任取，其中一張是駕駛艙的全景，艙內照著橙黃色的燈光，腳踏儀器表控制桿全部一目了然。全神貫注望著手上的明信片，閉起雙眼發現自己已經坐在駕駛艙之內、手握著控制桿，在狂風暴雨之中看到跑道上的燈號。這是未有VR的年代，只有自製的「IVR」——imaginative virtual reality，閉上眼就可以進入虛擬的世界。

那時候還是小學生，一口氣讀了幾本國泰航空機師所寫的《翹首振翅》。三歲定八十，找到有興趣的事就從書本找答案，或多或少顯露了讀書人的命運，而實際上也只可以是讀書人，飛機師的夢想早就因為長大而夢碎幻滅。愈大愈怕坐飛機，一來我身高手長要坐在經濟艙內，就像那些性感女郎給魔術師收進小小的方盒中一樣，動彈不得。二來幾年前開始，不知哪條神經線出現問題，每次降落壓力驟變的時候，額頭附近一帶臉部神經會劇痛，唯有每次降落前三十分鐘吃顆止痛藥才能止痛。如此的身體反應，注定無緣成為香港木村，這是航空界的損失。

聽過很多人都怕坐飛機，於是每個怕坐飛機的人都有不同的習慣習俗，馬家輝大哥說他會讀《心經》也會誦經文，我就會戴耳機戴眼罩帽子將自己與一切外界隔除，這個時候消噪耳機就顯得非常重要。記得幾年前在一間音響專門店試耳機，他們有個為了推銷消噪耳機而設的裝置，首先教你戴上耳機，然後把消噪功能開啟之後音樂就會播放。播到中途，那個系統會叫你除低耳機，然後你發現剛才聽音樂的同時，背景一直播放大聲的噪音。推銷員說，這些噪音是根據飛機艙內噪音的分貝模擬出來，戴上耳機，就可以把噪音隔走。這是我接觸過一個最好的marketing方法。

我搭飛機，特別是長途，還有一件必做的事，就是出發之前將所有飛機餐改成水果餐。因為我總覺得瑟縮在那個狹窄的空間，連帶腸胃也給擠壓到不能運作，吃了那些難吃的飛機餐也會永遠消化不掉，非常反胃，所以除了水果以外也不應進食。不過要記住，想改吃水果就必須在出發之前更改。

最近飛回倫敦，選了早上出發的長途機，十三個小時全無睡意，唯有看電影。在飛機看電影雖然可以消磨時間，但空間太小螢幕太近，看一會兒已經頭暈眼花，通常一齣起兩齣止我就投降睡覺。但剛剛那程飛機實在睡不著，破紀錄一口氣看了五套電影，以為自己做了什麼電影節評審。而最最可怕的是看完五部電影之後，還有三個小時才到倫敦，坐飛機就如坐牢一樣。機師？No way。

做個臺灣人

來了臺灣之後，有兩件事我總是想不通、摸不透，堪稱為「臺灣兩大怪象」。第一是搭公車（即搭巴士）。世界各地搭巴士都是上車拍卡先付錢，但臺灣不一樣，而所謂不一樣也不代表像在香港搭電車一樣、下車才付錢的意思。在臺灣，有些巴士是上車拍卡，有些是下車拍卡，也有一些是上車下車都要拍卡。

我不明白究竟應該上車還是下車才付錢，更不明白「下車付錢」的道理在哪裡。香港電車可以在下車才付錢，是因為車廂設計是後上前落只有一個方向，每個下車的人都總得經過司機，也因此總會記得付錢。但臺灣的巴士前後兩道門，都可以上落，只要稍稍不專心，下車都會忘記拍卡，而每次忘記之後都幾乎內疚得想像粉絲追車一樣，追上巴士拍卡補付。我每次上巴士都像做社會實驗，總會目測什麼人會「忘記拍卡」，結果是很多人都會選擇「忘記」。

除了搭巴士之外，另一個怪現象就在網路上。香港年輕人都喜歡到高登、連登等網上討論區，而臺灣年輕人則喜歡用批踢踢，又叫PTT，一個極之原始、只得文字的網頁，我懷疑這個網站由一九九五年面世以來就沒有怎樣換過版面。

誰說現代人貪新忘舊不求實際？臺灣年輕人到現在都仍然活躍在PTT當中，而且未曾更新，每天仍然有很多則帖文，有很多人回應討論。甚至有人曾經寫學術論文，仔細分析PTT在臺灣社會運動中擔當什麼角色，最後結論是PTT是一部非常重要的動員機器。

所以要做一個真正的臺灣人，例如知道當地人去哪間書局、喝哪杯珍珠奶茶，都必須潛入PTT之中爬閱不同帖文。以書店為例，倒也證明了我頗為「在行」，因為在PTT中，臺灣學生也推介我最喜歡的兩間書店：唐山書店和水準書局，都是小店，都是懂得書的人要去的地方。

記得五、六年前去唐山，找到一大堆很久很久以前的牛津大學出版社的舊版書，包括幾期由牛津出版的《今天》，收穫很豐富，行李也差點超重。現在常住臺北，也常常走去唐山打書釘，無意中找到了幾本「寶物」，是青文出版、丘世文的《一人觀眾》和《周日床上的顧西蒙》，還有一本也斯的《香港文化空間與文學》。逛這些小書店，無論逛幾多次都隨時會發現以前走漏眼（或者真的無端端走出來）的好書。

至於師大夜市旁邊的水準書局，大大招牌寫著「全國最便宜書店」，水準的老闆曾大福名震天下，常常向客人「推介」好書，無端端會走來跟你推銷「買十本送十本」、「這本半價給你」、「這本不好看不收錢」。PTT上面說，老闆給女生的折扣多過男生，也有些人受不了老闆的疲勞轟炸，而我也一樣，常常給曾老闆嚇走……

溫柔的臺灣

臺灣人是溫柔和體貼的。無論是賣書的抑或賣魯肉飯的，甚至是站在開篷車上跟選民拉票打招呼的不同政黨候選人，他們的語氣和聲線，永遠都是真誠的溫柔，跟出名面口俱黑、永遠效率先於感情的香港人是兩個極端。

所以當我每次去那一檔在師大附近的街邊魯肉飯店，老闆娘跟我說「帥哥，今天吃什麼」的時候，那種感覺跟我在香港的茶餐廳聽到「靚仔今日食乜」是兩碼子的事。魯肉飯店的老闆娘是認真望著我叫我「帥哥」，而茶餐廳的大嬸是望著餐廳的電視叫我「靚仔」。

如果香港人賣的是效率，那麼臺灣人賣的就是體貼了。所以臺灣有誠品有鼎泰豐，品牌形象都一樣非常鮮明：就是要每個顧客都感覺得到受重視受尊重。可能每個打開門做生意的人都知道服務態度之重要。要如何做到，而且做得好，才是關鍵所在，才是成功之道。要體驗鼎泰豐的體貼，不在於服務員如何幫你調配醋和醬油的比例，而是在於取票等位的時候。

在鼎泰豐食小籠包通常都要排隊等位（題外話，聞說倫敦分店快要開幕，這是天大喜訊）、取票之後等待叫號，等了大半小時終於輪到，而可怕的事就在這個時候發生了。明明身在臺北，但那個「叫號」的機器卻用廣東話來叫號（而且是只用廣東話），然後在叫下一張票的號碼時，又忽然轉為用日文叫號。如此神奇，全因為站在門外幫你登記取票的知客，會在你登記時說「幾多位」的電光火石之間，判斷你來自什麼地方，然後在輪到你入座的時候，就會用你的語言去叫號，給你一個回家的感覺。來了臺灣之後，我的目標就是在離開臺北之前，練好一腔標準臺式國語，令鼎泰豐的知客小姐不必再為我選擇廣東話服務……

臺灣有網民說，鼎泰豐就像飛機一樣，全店的服務員懂得幾十種語言可以隨時大派用場，就算你跟他們講哈利波特才懂得的「爬說語」，也照樣可以點到小籠包和酸辣湯。

臺灣人的溫柔是真誠的。去到臺北，第一件事要到我所附屬的中央研究院社會所報到。第一次去到老遠的中研院，拿著一張「報到表」，要向所內的不同老師職員打聲招呼、介紹自己，幾乎每個老師都說：「剛來習慣嗎」、「慢慢來，不要急，先安頓好最重要」等等。然後開始收到所內的電郵：每月都有「X月壽星」的電郵，壽星們有小盆栽做禮物；早前氣溫稍冷，又會有電郵提醒今天「空調轉為暖氣」；又或者「男廁裝設感應燈」，提醒我們不用關燈……

來到臺北生活之後，除了間中感覺到微微的地震有點嚇人之外，最最不習慣的，就是臺灣人的溫柔。而我最怕習慣的也是這裡的人的溫柔，因為習慣之後再回到香港，一切都會回不去了。

不太歐洲的蘇黎世

喜歡蘇黎世的簡單。簡單不是落後，也不是樸素，蘇黎世是摩登城市，有高樓大廈有購物大道。蘇黎世的簡單有點抽象，只有走在街上才感覺得到。在舊城區附近左穿右插，抬頭總會見到大教堂的雙塔，很快就可以摸清蘇黎世的地圖。走在利馬特（Limmat）河邊，看見坐在岸邊長椅的男人，我想，只有如此的城市才有空間給我們思考一整個下午。

第二次去蘇黎世大學開會，終於沒有撞正週末。德語系國家對星期日做為安息日這傳統最為遵守，就連超級市場也整天關門。在瑞士開會還可以見識到德語系民族對守時的重視，一大早九點的會議，半分鐘不遲就準時開始。換在別的地方，像義大利像西班牙都不可想像。

蘇黎世的簡單，也對應著其他城市的複雜。如果我之前說臺灣的公車很難搭、不知道什麼時候拍卡付錢的話，蘇黎世的電車火車就是最容易搭的交通工具。車票只需要隨身攜帶就可以，上車下車都不用拍卡，而且我還未遇過有人查票。不像在倫敦搭輕鐵，常常都有職員做ticket inspection。試過一次在倫敦，想人想事想得入神，見到遠處有人查票，突然之間心慌起來，根本忘記自己有沒有在站外拍卡，嘗試「回帶」想一下五分鐘前的畫面，只想起腦裡想著的人與事。直至查票拍卡一刻，見到「綠燈」亮起才鬆一口氣。

蘇黎世也是難得的一個歐洲城市，街道上幾乎沒有行乞的人。不像在巴黎，搭地鐵入閘，那道閘門明明已經差不多兩米高，還是有人會跨過去或衝進去，或者會在你拍卡入閘的時候，以近乎全身肌膚緊貼你背面的親密姿態跟隨你一起入閘。明明陌生，卻親密如此，這是花都的另類浪漫。

蘇黎世當然也不會有人在車廂上賣藝表演或行乞。在倫敦，常常有人在車廂上無端端拿出小提琴，演奏一首短短的樂曲，然後希望乘客打賞。他們也實在是厲害的音樂家，時間總是控制得恰到好處，總會在列車準備關門開車的時候，落車跳到下一節車廂（大部分的倫敦地鐵，每一節車廂都不互通）重複以上過程。

我想這樣的搭車經驗，是倫敦生活的一部分。第一次遇到或許覺得尷尬奇怪，但這些在列車上賣藝或行乞的人也很隨意，不會因為你不給錢而騷擾你。但最近到蘇黎世之前回了倫敦幾天，在搭地鐵的時候聽到一個未聽過的列車宣布，說There are beggars and buskers operating on this train, please do not encourage their presence by supporting them。聽到之後，的確看見不遠處有個衣衫襤褸的人在行乞。

驟聽之下（特別以香港人的標準），不准在車上賣藝行乞是天經地義，但當你實實際際見到那個行乞的人，然後車上不斷重複播著「不要做出支持或鼓勵他們的行為」的警告時，這是一個無比悲涼的畫面，也是他們最需要幫助的時候。

廖家牛肉麵

臺灣人愛吃牛肉麵，通街通巷都開滿牛肉麵店，每家都有特色，有的靠牛肉出名，有的靠湯頭留住客人。而芸芸牛肉麵店，九成都是家族經營的小店，一家老少都在店裡幫忙，大叔煮麵大媽切菜，兩個年輕人就負責收錢執檯。四個人時不時都在店中吵罵起來，大媽大叔鬧來鬧去，年輕的就永遠一張臭臉，一個家就是這樣經營出來。

這樣的牛肉麵店一代傳一代，都有家傳祕方，做出來的牛肉麵也有靈魂。用日本的講法，這碗叫做職人牛肉麵。小店不像連鎖店，每間都有性格，牛肉麵店就只賣牛肉麵，你不吃牛肉的話就不要進來了。「我賣牛肉麵的，所以我只做牛肉麵。」這些老師傅應該都是小津安二郎的粉絲。

小店的性格其實就是經營者的性格，兩者都一致。臺灣的很多食店，一天只開門賣麵幾個小時，午餐晚餐中間還會落閘下場休息一下，六點開門之後夜晚八點就準時打烊，這是臺灣人的生活態度。一間在輔仁大學附近的麵店叫「勁牛肉麵」，有名的是番茄湯底。老闆開店這麼多年都有一個傳統，就是一年裡面有六個月都關上門，有人說老闆有錢不在乎，也有人說老闆身體不好要休養。

這樣的經營模式一早就從香港絕跡，當然又是那個你和我都飽受其害的土地問題。要開店就要找地方租鋪交租。天價租金之下，一分一毫都要算盡，所以什麼時間開門、什麼時間關門，都是經過統計精算而決定，開遲半分鐘會做少兩張單，關遲半分鐘會浪費了人工和水電。這是香港人的生活態度。

今天這樣的香港故事，講多一點都覺得洩氣，難得人在臺灣，我還是講臺灣的故事。之前在中原街，隨意闖入一間牛肉麵店，進去之後老闆就很多話，沒有停過的說：湯底都是熬燉出來、原汁原味，所以不可擅自加上辣醬辣椒油，這會糟蹋他辛苦熬出來的湯頭；酸菜也不可加入湯內；吃牛肉要連蒜頭一起吃，檯上有一大碗生蒜頭，一口蒜一口牛肉，這才是正確食法。臺灣大叔都是這個樣子，水準書局的老闆是這樣，這個牛肉麵大叔也一樣。不過也難怪他這麼多規矩，因為他的牛肉麵著實好吃。

吃飽之後打算在Google Map將麵店記下來，方便再去。一看就發現有兩家同名的牛肉麵店，而且另一家店就在我家附近的金華街。過了幾天就去金華街的店試一下，奇怪的是除了麵質之外，其他都一樣。回家Google一下，發現了一個可以發展成電視劇本的故事背景：原來店面較舊的中原街店反而是新開，是口水大叔跟一個比較年輕的越南女子另起爐灶的，而金華街的店，則由口水大叔原來的夫人和兒子一直經營。

這兩家牛肉麵店的招牌字體都一樣，白底紅字，寫著「廖家牛肉麵」。

職人叉燒

我愈來愈對日本的「職人魂（精神）」著迷，現在幾乎由頭到腳都想找「職人」產品，無論眼鏡球鞋，抑或一杯啤酒一塊叉燒，我都要找職人製造。

職人文化所對應回答的，是工業革命所帶來的機械複製時代，鐵臂鋼爪取代工匠的一手一腳，將生產速度大幅提高。同時，機械的每一個動作都是運算出來的結果，所以每一個動作也不差毫釐的精準，製成品都一式一樣；即使機器偶爾出錯製成次品，也會有另外一臺負責品質檢驗的機器將次品篩走。

從經濟角度，如此高效、同時能夠降低工人成本的生產，當然是資本家的福音。但這樣生產出來的產品卻始終冰冷、欠缺溫度。借用班雅明的經典文章〈機械複製時代的藝術作品〉來說，這些商品都沒有「靈光」（aura）。沒有溫度、沒有「靈光」的製成品，就只是物件本身而已，沒有額外的重量，也沒有更多的故事。

日本有名的包包品牌「吉田包」有句口號叫「一針入魂」，完美概括了什麼叫「職人精神」：每個包包都是人手縫製，一針一線都充滿工匠的靈魂。要成為職人，本身就需要艱辛的過程，從旁觀到實習到獨挑大梁成為專家，都必須用上一輩子最芳華正茂的時間。所以，成為職人的第一條件就是要對所專注的專業有熱誠，否則根本不能堅持下去。對職人來說，工作就是他的生命，所以認真穿好針線不止是工作態度，也是生命態度。

當一件產品寫上「職人」兩字，所代表的就不止是製成品本身，還包括了生產的過程。因為工匠都花上心血製造，而且人手不是鐵臂，每個動作都不會完全相同，製成品也因此變得獨一無二，只要用心，就可將「職人魂」貫注其中。反過來，如果是機器製造，阿豬阿狗在電腦後面按幾個按鈕，都可以操作機器將物品製成。

早兩星期在東京澀谷，走過一棟商廈時給一輛流動餐車（food truck）吸引，這餐車叫Porky and Ducky，專賣叉燒飯。我和在日本工作的K都好一陣子沒回香港了，竟然在日本聞到叉燒香味，立即停步買了一盒叉燒飯緬懷一下。在車上賣叉燒飯的是個日本帥哥，斬叉燒斬得似模似樣。「叉燒仔」見我們兩個港仔排隊，立即跟我們說，他小時候在加拿大讀書，跟幾個香港朋友一起玩，吃了叉燒飯，就立志要將此美食帶回日本，畢業之後去了香港學燒叉燒。現在經營餐車，車上有個大鐵爐。他說，叉燒是每天早上停車之後在車上燒的，早上開爐，到午飯時間叉燒剛剛燒好，停車位置的半公里半徑範圍都聞到叉燒香味。

叉燒仔有自己的網站，預告每天停泊的地方，網站上寫了句英文標語：For the love of Char Siu。這塊燒得外脆內軟的叉燒，就是我所追求的職人叉燒了。

哪裡還有歐威爾的腳毛

人們常說倫敦多雨大霧，說倫敦總依戀雨點。但在這邊住了一段日子，在倫敦見到藍天的機會比香港多，而倫敦的天空也比香港要高要闊，抬頭望天不時都見到不只一架飛機飛過。大概是倫敦高樓不像香港的密集，沒有將城市困住，沒有將天空拉近。

走遍百花里（Bloomsbury），幾乎沒有一幢建築物高過十層，除了大英博物館後面的議會大樓（Senate House）。這幢十九層高的大廈是倫敦大學總部，於一九三七年建成。因為二戰爆發，學校停課，政府徵用大廈作為信息部（Ministry of Information）的總部，負責二戰期間的新聞審查。在二〇一六年九月，亞非學院進駐了議會大樓的北座，作為新校舍。

這幢大廈還跟英國大作家歐威爾有密切關係，歐威爾的妻子曾經在二戰期間於信息部工作過。而他小說《一九八四》裡面的真理部（Ministry of Truth），就是以議會大樓做為藍本。「這是一個龐大的金字塔式建築，白色的水泥晶晶發亮，一層接著一層上升，一直升到高空三百米」（董樂山譯），這根本就在形容議會大樓，歐威爾只是在小說裡面，稍稍自行在大廈前面的大理石上加上用「漂亮的字體」寫成的：戰爭即和平／自由即奴役／無知即力量，信息部就變成了真理部。

最近去了歐威爾寫《一九八四》的地方，是蘇格蘭的小島朱拉島（Isle of 朱拉島）。歐威爾說朱拉島是最難去的地方（the most ungetable place），只有兩百人左右住在島上（冬天應該更少）。據說朱拉島的意思是Deer Island，鹿之島也實在名不虛傳，《孤獨星球》（*Lonely Planet*）說島上面的人鹿比例是一比三十，即有大約六千隻鹿。除此之外，島上還有一間威士忌酒廠和一間酒吧，僅此而已。難怪歐威爾在這裡可以專心寫出巨著，因為除此之外，根本無其他事可做。

要去朱拉島，要從我常常提到的威士忌小島艾雷島搭渡輪前往。不大不小的渡輪主要是載車橫跨兩島，每次可以運載六、七輛車。兩個小島距離很近，十分鐘就到。上到小島之後，只有一條單程小路，我跟同行的人說，修一條路是否很昂貴呢？既然都鋪路了，為何不能鋪成雙程路呢？話未說完，車才開了幾分鐘，竟然撞著修路，據說修路是小島的年度盛事。修路工人將新的瀝青鋪上，因為全島只有一條路，所以只能乖乖等候，等了半小時才獲放行。

去到朱拉島 沒辦法去歐威爾的故居（Barnhill），因為時間不夠，也沒車可到。上網找了資料，開到最近處下車，之後至少還要走四英里路才能到達。島上的人跟我說，那個小屋沒有特別，不去也罷，而且現在是私人地方、有人居住，不要在路上見到幾條腳毛就以為是歐威爾的。島上的人口音重，這是我半聽半估所得到的答案，也是我最大的安慰。

去不成故居，唯有到朱拉島的酒廠走走。內地作家胡洪俠是《一九八四》的收藏家，據說收了全世界幾百個版本，包括由王鶴儀翻譯的第一本中文譯本。朱拉島酒廠在二〇一四年推出了一支三十年的威士忌（即一九八四年蒸餾、二〇一四年入樽），命名為《一九八四》，限量一千九百八十四支。不知大俠有沒有收藏這支酒呢？

100%艾雷島

早陣子見到朱凱迪梁啟智等等發起眾籌，想在全香港十八區辦十八份地區報紙，每個社區每月出版一期，自負盈虧。寫自己社區的新聞，賣自己社區的廣告。一天到晚都講的重回社區、深耕細作，一份獨立自主的區內通訊是不可或缺。

阿啟和朱迪，兩位大哥都是我佩服的人。幾年前在中文大學讀書，我們一班同學就在他倆指導下，試做地區報，選了中大附近的大埔區，出版兩期《埔紙》，報導過大埔林村樹屋計畫、區內單車位長期空置等社區問題。

說到地區報紙，我想起一份屬於蘇格蘭艾雷島（Islay）和朱拉島（朱拉島）兩個小島的地區報紙，叫做《*Ileach*》（這個牛津字典也未必查得到的字，來自蘇格蘭語裡面的Gaelic 蓋爾語，意思是艾雷島的、或艾雷島人。至於如何讀這個字，實在很難形容，你有興趣知的話我親口讀給你聽）。這份《*Ileach*》，每兩星期一份，賣一．三鎊，島上面的幾間小店，或者是來回小島和蘇格蘭大陸的渡輪上都有得賣。

小島報紙這份二十多頁的報紙什麼都有，報導島上發生的大小事，例如講一下島上的水浸問題；同時也有「文化評論」和「體育新聞」，像新書書評，或島上足球隊的最新戰報。社區報紙要獨立經營，最重要還是廣告收入，《*Ileach*》上面的廣告，要麼是島上酒廠的宣傳，要麼是島上「通渠王」的緊急電話，非常本土，是100%屬於艾雷島的報紙。

小小的艾雷島，數數手指我也去過五次，比去南丫島還要多。島上只有幾千人，他們彼此都認識大家。身在同一島上、有福同享有難同當，他們之間非常有人情味。就算是島上八間酒廠之間的關係，明明應該是競爭對手，關係也好得出奇（第九間即將投入生產，不過法例規定，蒸餾出來的酒精要在木桶存放三年才可以叫做威士忌，要喝第九間酒廠的威士忌，還要等好一會兒）。

經營民宿和農場的富戶Isobel跟我說，島上的人沒辦法不緊靠一起，就像他們去到冬天，基本上不接待遊客，不單因為天寒地凍，而是小島日常用品食材都靠渡輪運送。一到冬天，渡輪隨時因為大風大浪而停航，因此會沒有食物，遊客也會因為沒有渡輪離開而滯留島上。更不必說小島會因為大風而停電，沒電就沒有熱水。島上的人都要互相幫助，才可以度過每年的冬天。

說艾雷島，不得不談威士忌。島上有八間酒廠，但要真正喝一杯從原料到裝瓶都屬於艾雷島的酒卻不容易。島上酒廠大部分都會用本島（蘇格蘭或英格蘭大陸）生產的大麥，也會將裝滿酒的木桶運去本島存放熟成。但島上最小最年輕的酒廠Kilchoman，有一個獨特酒款名為100% Islay，他們自己種植大麥、在酒廠存放，也自行裝瓶，從頭到尾都在島上生產。去不了艾雷島，也可以在酒吧點一杯Kilchoman 100% Islay，上網看看《*Ileach*》的新聞。這一樣是100%的艾雷島體驗。

ARDBEG

威士忌盛世

蘇格蘭威士忌的麥卡倫（The Macallan）是酒廠之王，所以威士忌界傳奇人物Michael Jackson（此MJ並不懂得moonwalk）曾經說，老麥是威士忌界中的勞斯萊斯。不過，如果麥可大哥今天還在人間，有機會去麥卡倫最近開幕的新酒廠參觀一下，他應該會說麥卡倫酒廠是威士忌中的迪士尼樂園，因為酒廠跟主題樂園一樣大得誇張。兩年前，新酒廠還在興建的時候，我從蘇格蘭格拉斯哥開車到高地（Highland）及斯佩河區（Speyside）一帶參觀不同的酒廠。

蘇格蘭威士忌的五大產區之中，所謂的高地和斯佩河區其實很難分開，因為斯佩河本身就在高地旁邊。就像麥卡倫，酒廠坐落在斯佩河北面，一般人都把麥卡倫當成斯佩河區的酒廠，但在麥卡倫自己的酒標上，卻大大隻字寫著「Highland Single Malt Scotch Whisky」，所以也不用分得這麼細緻了。

我去到麥卡倫的時候，酒廠範圍還在大興土木，廠房和酒窖幾乎一望無際，我在臨時搭建的顧客商店轉了一圈就離開了。現在新酒廠開幕，報導說廠內一共有三十六座蒸餾器。相比一些現在仍然由家族持有、經營的小酒廠，像艾雷島（Islay）上的

Kilchoman，細小的酒廠只裝上兩座細小的蒸餾器。如果Kilchoman是大黃蜂，麥卡倫就是柯博文了。

蘇格蘭高地的景點散落不同地方，而且沒有公路，所以每次從一個景點走到另一景點，都需要很長的交通時間。難得在麥卡倫附近有一間小旅館，名叫Highlander Inn，不去不可。這間小旅館裡面的酒吧，是上面提過那個不懂moonwalk的Michael Jackson最愛的威士忌酒吧。現在負責打理這間旅館和酒吧的人來自日本，名叫皆川達也，他是今天威士忌界響噹噹的人物之一。

現在是威士忌的盛世，酒商財團不斷投資，不少曾經消失了的酒廠都得到復活，同時有無數酒廠正在新建當中。這些酒商決定興建新酒廠，多少代表威士忌的熱潮還會持續一段時間，因為酒商決定投資建廠，必須要對前境有非常樂觀的預測。未計算酒廠興建的時間，由蒸餾出第一滴酒精、到最後可以裝瓶賣威士忌就至少需要三年時間（因為法例規定，蘇格蘭威士忌必須在橡木桶熟成存放至少三年）。

像艾雷島上的Port Ellen酒廠，一九八三年就已經停止生產，之後變成將大麥發酵的麥芽工廠。以前每年四月一日都有「假新聞」說酒廠將會復活，孰不知在去年十月，酒商真的宣布了復活計畫，預計二〇二〇年重新生產。

除了有酒廠復活，全個蘇格蘭還有數以十計的酒廠正在不同角落興建中。其中一家就在格拉斯哥附近、屬於低地（Lowland）產區的艾高旺酒廠（Ardgowan

Distillery），名字又高又旺，幾乎以為酒廠是中國人開。低地酒廠不多，而且普遍生產出來的威士忌味道都偏輕偏淡，聞說艾高旺會生產煙燻味濃的泥煤威士忌，這對威士忌迷來說絕對值得期待。

小王子

之前看Netflix劇集《王冠》（*The Crown*），追完兩季，發現了一條方程式，幾乎每集都一樣：就是英女皇想做一個決定，但這「決定」往往因為有違傳統、有違女皇的身分，更有違英國民眾對皇室的期望，就在所有有形或無形的阻力之下，英女皇往往都只能放棄初衷，甚至需要做出違心的決定。

所以，做女皇一點也不爽，每下一個決定都是如此無奈如此違心，而且更可悲的是一做就做了六十多年，看來還是英國國歌寫得好，只有上帝才可以拯救女皇（God Save the Queen）。不過英女皇再不爽也不是白白犧牲，這麼多年來的辛辛苦苦，至少為兒子查爾斯王子免去王冠的重擔。因為她深深知道，英國皇室的重量對這個臉長長、耳大大的王子來說，實在太過沉重，唯有自己長命百歲，才能保護她心中的小王子查爾斯。

在《王冠》第二季的其中一集，講英女皇的老公菲利普親王執意將查爾斯王子送到自己在蘇格蘭東北部的母校讀書（Gordonstoun School），希望內向懦弱的小查爾斯可以培養一點男子氣概。查爾斯長大之後，實際上「man」了多少無從得知，只知道他形容在Gordonstoun School的時間是坐牢一樣（a prison sentence），這間學校是一所「穿了格仔裙的集中營」（Colditz with kilts，Colditz是二戰時在德國的一所戰俘營）。

不過，查爾斯王子沒有因為在蘇格蘭「坐過牢」而討厭蘇格蘭，因為蘇格蘭有威士忌，或應該更準確的說：蘇格蘭有艾雷島，而艾雷島上有他最愛的酒廠（拉弗格）Laphroaig。討厭高地而喜歡艾雷島是有原因的，蘇格蘭高地面積很大，由一個景點（或城堡或酒廠）去另一個景點都總要花一兩個鐘頭車程才去得到，沿路通常只有一片荒蕪。相比之下，面積小小的艾雷島實在吸引得多。

查爾斯愛喝Laphroaig愛到什麼程度呢？你看看Laphroaig酒標上有代表威爾斯王子的「三羽徽章」（Prince of Wales's feathers）就知道了。這酒廠是蘇格蘭唯一一間得到皇家認證的酒廠。

有關查爾斯和艾雷島還有一個小故事。一九四四年六月，查爾斯從鴨巴甸（Aberdeen）出發坐飛機到艾雷島，到差不多到達的時候，查爾斯一時技癢、希望可以自己駕駛飛機降落在艾雷島上，所以就跟機上坐在左邊的機師換位、負責降落。但艾雷島的機場跑道很短，而且島上風大，降落絕非易事。當日就因為順風（tailwind）太大，根本不適宜降落，但查爾斯堅持降落，最後飛機失事，衝出跑道之餘還撞破機頭，幸好全機十一人都平安無事。

而有趣的是，事後國防部的報告指出，今次意外的責任，在於機上坐右邊的機長及領航員沒有充分報告空中狀況，沒有給負責降落的機師提供充分的資訊，釀成今次意外。至於負責降落的那一位，亦即將飛機撞爛兼衝出跑道的那一位，當然沒有任何責任。

SRAID THEARLAIG
CHARLOTTE STREET
Bowmore 10
A 846
Ardbeg

III

我的 comfort zone

倫敦的夏天等我回來

難得連續幾天寒冷，冷得要把頸巾圍上幾圈、雙手捧著一杯熱茶，冰冷的手腳才找回知覺。想起倫敦的冬天，想起走在河畔寒風刮臉的刺痛，想起躲在家中但為了省電費而挨冷不開暖氣的日子。

從倫敦回來之後，好一陣子才適應下來。似乎這是每個留學生回來之後都會面對的問題，滿腦子念茲在茲的都是地球另一邊的人與事。收到幾個月前從英國寄船海運回來的生活用品，昔日房間的空氣味道也伴隨雜物一起收在紙箱之中，一打開就如回到過去。

在英國生活久了，很多事都習慣下來，回到家鄉竟然覺得陌生。桃花人面大概依舊，只是自己變了。讀書為求學習、為求長大，學成之後回來覺得不再一樣，大概就是學習了、長大了的證據。都不知是幸或不幸，還有好一段日子才真正學成歸來，不過做人總要往好處想，我九月可以回到倫敦繼續生活，未畢業也是好事。

在倫敦，可以逛公園逛博物館，可以在工作大半天之後聽場音樂會才慢慢走路回家。就算在倫敦大忙，但生活也好像比在香港更像生活。忽然想起有關掌故大家高伯雨先生的小故事，收在許禮平寫的《掌故家高貞白》（牛津大學出版社）裡面。高伯少時也在倫敦留學過，當年高伯在《新晚報》的副刊寫文章，寫到外國人的生活不像中國人喜歡喧鬧，就算在市集，「飄針落地」也一樣可以聽到。高伯寫完這則小事，就給報紙編輯在稿子下了批語「洋奴思想」。給高伯下此批語的編輯，是金庸先生。我說倫敦的生活比香港更像生活，一定也是洋奴思想作祟。

想念倫敦的很多東西。就是回到家中、沖杯熱茶，放一張黑膠唱片在唱碟機上播放也覺得很好。因為想到大半年後還是會回去，所以就沒有把唱片和唱機寄回香港。早兩天在香港逛唱片鋪，看到黑膠碟的價錢比倫敦貴了幾倍。什麼全球化、購物天堂，根本都是天方夜譚，只要是舶來品，就貴得嚇人。香港的東西，什麼都賣得貴。

說起黑膠碟，日本是買碟好地方。之前去澀谷的唱片店，古典爵士搖滾每個部門都分得整整齊齊。忍手之下，仍然買了卡拉揚指揮的全套貝多芬交響曲、兩張馬勒第六交響曲（分別由伯恩斯坦和阿巴多指揮），還有一隻非常有型、由蕭提指揮、唱片封面用書法寫成的「大地之歌」，還有聽完又聽的Keith Jarret在一九七五年的科隆音樂會。

除了日本，倫敦當然也有買黑膠的好地方。書店Foyles二樓角落的Ray's Jazz有不少德國爵士唱片公司ECM的唱片，學生買還有九折，應該是全世界買ECM最便宜的地方了。另外在東倫敦的Brick Lane中，唱片店Rough Trade也是樂迷必到的地方。

他們自己也有錄製唱片，上年就有Max Richter精選選曲的《*Behind The Counter with Max Richter*》，特別版還附有一張七吋唱片，收錄Max Richter為戲劇*Henry May Long*而作的音樂。

說著說著，倫敦真好，今年倫敦的夏天等我回來。

音樂會的最佳座位

讀博士做研究，從入學第一天，學校就跟我們說，你們在學校的編制上不再是學生，而是研究員（researcher），沒有學分需要修讀。為期三、四年的研究，只有自己對自己負責，每日讀幾多、寫幾多都是自我修為，唯有自律才有望順利畢業（我在自我訓勉）。無論對研究題目有多大興趣，始終都是刻板枯燥的過程，所以必須找點嗜好，疏通思路排解苦悶。古典音樂是我其中一個outlet。

一直認為，接觸古典音樂的第一步是要堅持聽完。有點像品嚐威士忌一樣，第一口你可能會被高濃度的酒精嚇走，但適應之後就能欣賞當中的不同味道。古典音樂之所以難入口，其實無他，就是樂章太長，不像流行音樂聽一次就可以記住旋律。舉例，大部分人都聽過布拉姆斯《第一交響曲》第四樂章的一段悅耳旋律（信我，就算你未必認識、記得布拉姆斯的樣貌，但肯定知道這首音樂，你在YouTube 聽一下就記得了）。但很多人都不願意花四十多分鐘去聽前面頭三個樂章，或聽了一陣之後覺得「唔對路、未聽過」而放棄。但聽古典樂跟看戲讀小說無分別，只有從頭到尾聽完讀完才能掌握完整故事。無論看電影抑或聽音樂，谷阿莫都不是正道。

萬事起頭難，就算立定決心要投入古典音樂這個無底深潭，也要找入門。書呆子當然會找最信得過的伙伴——書，這方法萬試萬靈。在書堆中探索，就像在一堆亂纏打結的線頭中，只要將其中一條拉起，就會自動牽出另外幾條。在中文書當中，李歐梵、焦元溥、楊照、邵頌雄等所寫的書都是非常好的「線頭」。

有關聽音樂的學問，除了指揮家作曲家的故事，還包括去聽音樂會應該選擇什麼座位。李歐梵常常批評香港文化中心的音響，所以「座位在前在後，在樓上或樓下，聽到的聲音大不相同」。但焦元溥在《樂之本事》中有更通用的錦囊，要訣就是：坐後一點、坐高一點。按照「聲音往上走」的物理現象，樓上座位往往聲音較好，坐得太近舞臺反而聲音不平衡。焦元溥又說，如果聽鋼琴協奏曲就應該坐音樂廳的右邊，即鋼琴琴蓋打開的方向，聲音較好。

這些學問當然都有理據，而且非常科學。不過我覺得最好的錦囊，都是入場之前祈一下禱，希望坐在你附近的人（特別是前方）都是「正常」人。正常之一是要健康，因為聽音樂會最忌有人咳嗽。如果附近不幸有個喉嚨不適的觀眾，音樂會的可觀指數將會劇跌。聽音樂會最有趣的一個地方，就是樂章與樂章之間的停頓，全場觀眾都會一起咳一咳、清清喉嚨。有一次聽倫敦愛樂的《馬勒四》，我坐合唱團的座位，所以可以面對指揮。當第一樂章奏完時，全場觀眾在一起咳嗽，瀟灑的長髮指揮尤洛夫斯基（Vladimir Jurowski）非常不滿，做出很厭惡的表情，非常好笑。

至於「正常」觀眾之第二條件是有關髮型：有一次在倫敦的皇家節日音樂廳，按照焦元溥的建議坐得又高又後，偏偏前面坐了一個貴婦，她的髮型根本就是一個放大兩倍的花椰菜，一來擋住視線，二來就像隔音棉一樣吸走不少音波。最最最要命的是她非常投入，頭部隨音樂輕輕左右擺動，來回擋住我七成視線。半場之後我開始覺得頭暈想嘔，幸好再後幾排有個空位，立即調位，好好欣賞下半場。

瘋狂指揮卡拉揚

我學聽古典音樂的策略是「寧濫勿缺」，很多時候不管什麼曲目、哪位指揮，聽過未聽過都不打緊，總之有時間就買票入場，學生票才五六鎊，總會有意想不到的收穫。

有時候放學之後就趕去音樂廳，還未有時間查一下演奏什麼，一坐低音樂就開始。聽音樂就像跟女生相遇，不管之前有沒有聽過，只消聽幾分鐘就會知道這樂曲是否my cup of tea。像瑞士作曲家奧乃格（Arthur Honegger）的《太平洋二三一》、法國作曲家杜卡斯（Paul Dukas）的《仙女》，都是我一聽鍾情的樂曲。

這樣大包圍式聽音樂會，還可以認識更多不同指揮。有一次聽愛樂管弦樂團（Philharmonia），指揮是個子高高、滿頭白髮的布隆斯泰特（Herbert Blomstedt），這個瑞典老人家，即將九十歲了，沒有拿起指揮棒，只是舉起一雙手，一臉慈祥的笑容指揮著布魯克納的第四號交響曲——《浪漫》，單單坐在臺下望著指揮都覺得溫柔。

讀李歐梵的《音樂札記》，提到上世紀的指揮大師（maestro），像卡拉揚像伯恩斯坦像蕭提等都作古之後，寫道「俱亡矣……二十一世紀已非指揮家稱王稱霸的時代」。所以當讀到小澤征爾、村上春樹的《和小澤征爾先生談音樂》，小澤先生談及跟卡拉揚和伯恩斯坦的相處，相比伯恩斯坦的那種美國自由風格，卡拉揚就是「不會聽別人的意見……控制得很嚴格」。卡拉揚可以說是近代最偉大的指揮家，卻一直有不少人對他非常抗拒，像李歐梵就不諱言對他「敬而遠之」。

其中一個最大原因，就是卡拉揚完全偏執抓狂的風格。之前看了BBC製作的卡拉揚紀錄片*Karajan's Magic and Myth*，訪問了很多卡拉揚指揮過的柏林愛樂樂團團員。卡拉揚本身喜歡駕駛飛機，其中一個團員在訪問中說，有一次跟卡拉揚的太太和女兒一起坐他駕駛的飛機，在起飛之前，卡拉揚的妻兒都一臉死灰，她百思不解，直至起飛之後她就知道發生什麼事。原來卡拉揚喜歡在起飛的時候，用最快速度爬升至指定高度，像駕駛戰機一樣駕駛小型飛機，他絕對有潛質加入一間臺灣航空公司做機長。所有機上的人都臉色青白，唯獨卡拉揚一臉征服世界的得意。

卡拉揚另一抓狂的地方，是對錄影的重視，他認為錄像就是古典音樂的未來，所以他是指揮，也是製片人，在鏡頭之下的樂團，都應該是他想像的理想樂團。他認為光頭不配合完美樂手的形象，所以都給光頭的團員準備好假髮；到實際錄影的時候，全片近九成的時間，都只會特寫卡拉揚的左邊面（他認為左邊面更好看）。而有鬍鬚的樂手在卡拉揚眼中也是不合適的，所以本身有鬚的首席長笛只能幕後代「吹」，出鏡的工作就交給另一個沒鬍的樂手了。

或許卡拉揚的作風，像他指揮時從不開眼的習慣，未必人人受得來。但當聽到他指揮下柏林愛樂的聲音，那種接近吹毛求疵的音色，你還是會被他所折服俘虜。

瑞典指揮布隆斯泰特（Herbert Blomstedt）又來倫敦，指揮愛樂樂團演奏——布拉姆斯的第一鋼琴協奏曲和貝多芬的第七交響曲。看這場音樂會，第一是想聽貝七，第二是想為布隆斯泰特捧場。

貝七本身是經典，但對我這輩看日劇《交響情人夢》長大的人來說，對這首交響曲總有一點情意結，自然想起「千秋王子」玉木宏的背影。在倫敦聽過兩次貝多芬第七交響曲，第一次是梵志登（香港管弦樂團音樂總監）指揮倫敦愛樂樂團，那時搬來倫敦不久，也是我在倫敦看的第一場音樂會，就見到梵志登，忽然覺得一陣溫暖、有種無以名狀的熟悉。第二次是小提琴家祖克曼（Pinchas Zukerman）指揮皇家愛樂樂團，是沒氣沒力、非常不濟的演出，看完之後只覺得失望，一直都想快點再看一次好的貝七。

如果在音樂會可以聽到想聽的樂曲、可以見到想見的指揮，是雙重享受。這次為了看布隆斯泰特，特別買合唱團的座位面向指揮（也因為音樂會非常滿座，沒有太多選擇）。這個老人家實在厲害，下個月就九十歲了，還是如此精靈如此條理分明。以雙手代替指揮棒是他的標誌，上次指揮布魯克納如是，今次也不例外。布老指揮的動作像詠春也像切菜，外國評論形容得準確：是chop and slice。記得上次看他指揮的時候，覺得他個子很高，今次正面看著竟覺得縮水不少。看指揮的背影，總覺得他們非常高大有霸氣，但他們的實際高度往往都和我的想像有很大偏差。無論是梵志登、拉圖，抑或我只在紀錄片中見過的卡拉揚，他們都是小個子，但在指揮臺上卻像巨人一樣。

開場之前，布隆斯泰特走近臺前，向觀眾說：今天晚上，布拉姆斯和貝多芬的音樂都變得更有意義，因為他和團員都要將今晚的音樂會，獻給曼徹斯特爆炸案的受害者。面對冷血無理又討厭的恐襲，其實都沒什麼可以說。只有像安徒生說，where words fail, music speaks，以音樂治療傷口，為這個地方帶來希望帶來救贖。

其實英國人一直都習慣與恐襲一起生活，這些避無可避的襲擊不是第一次面對，也心知肚明不會是最後一次。突如其來的襲擊，實際上的影響只是將恐怖威脅級別升級，那張原本貼在火車站外、早已曬到有點褪色的severe警告牌，終於換成新的、最高戒備的critical（五日之後又將警戒降回severe）。還有，像博物館大會堂等等的安檢變得認真，入場之前都要排隊。但排隊的人沒有半點鼓譟，而且滿面笑容、不斷向負責安檢的保安員說：辛苦你們了。

面對恐襲，既然無從躲避，而且「我哋冇做錯到」，只有繼續生活才是最好的反擊。記者朋友C今年來倫敦讀書，爆炸之後立即趕去曼市幫電視臺做採訪，她說在街上訪問很多本地人，每個人的答案都一樣：life goes on，不能擔心，也不可以有半點害怕，因為絕對不能讓恐怖分子有半點得逞。這其實就是一場反恐戰爭，而繼續生活，就是最有效的反擊方法。

將世界變好一點

大名鼎鼎的拉圖爵士（Sir Simon Rattle）和柏林愛樂來香港演出兩場，由康文署主辦。十一月我還在倫敦，注定無緣在香港文化中心看拉圖指揮。純粹好奇上網看看門票售價，非常嚇人，最便宜的門票也要六百八十元（港元），最貴門票要兩千九百八十元。先不說文化中心音樂廳的音響爛透，這次音樂會打著慶祝香港回歸二十週年的旗號，不是應該與眾同樂？雖說有室外直播，但如此瘋狂定價，無疑是政府帶頭將社會分級分等，上流社會坐音樂廳、低下階層坐公園，情何以堪？

身在倫敦實在幸福，說過很多很多次了，買張學生票看一場世界頂尖水平的音樂會也不過六、七鎊。而且拉圖即將回歸英倫，《BBC音樂雜誌》的九月號大大隻字寫著Rattle Arrives，下月起將擔任倫敦交響樂團（London Symphony Orchestra）的音樂總監（Music Director）。

在卡拉揚、阿巴多等作古之後，拉圖算是當今樂壇少有稱得上大師（maestro）的人物了，光是英國人身分擔任柏林愛樂樂團的首席指揮就不簡單，在樂評網站Bachtrack的當今最佳指揮排名中，拉圖僅僅排在夏伊（Riccardo Chailly）之後。

《ＢＢＣ音樂雜誌》說，拉圖回歸英國的震撼程度，可以媲美十八世紀海頓到訪倫敦，或者是一八七七年華格納在倫敦的Royal Albert Hall演出。

倫敦交響樂團是拉圖第三個帶領的樂團，二十四歲就擔任伯明翰城市交響樂團的總監，將樂團提升至頂尖樂團的水平。而拉圖在任內的其中一大貢獻，是推動了在伯明翰建造新的交響樂廳（Symphony Hall），是世界數一數二的音樂廳。而今次接掌ＬＳＯ，傳聞說條件之一，是要在倫敦興建一個新的音樂廳（拉圖已經否認這個傳聞，不過興建新的音樂廳一直都在討論當中）。

倫敦交響樂團現在以巴比肯藝術中心音樂廳（Barbican Centre）為基地，Barbican音響其實不差，至少贏文化中心九條街，只是未夠頂級，而且舞臺太細，演奏一些需要大型編制的作品時就會非常擠迫。拉圖說：如果在Barbican演奏史特勞斯的阿爾卑斯交響曲（An Alpine Symphony，大概需要一百五十名樂手），就算勉強可以將樂團擠在舞臺上，細小的空間發出巨大的音樂，ＲＳＰＣＡ（皇家防止虐待動物協會）也會出手干預。

拉圖回歸英倫是英國大事，因為他不只提升音樂水平，而且他對社會對政治也有看法。他說音樂家未必可以改變世界，但可以將世界變好一點（musicians can make the world momentarily a better place）。在這個荒誕的年代，實在需要更多這樣的人，更多希望將世界變好一點的人。

學不到的斷捨離

最近搬家，從倫敦東邊搬到倫敦的西邊，家的面積減了大半，所有家當都要分成三大類。第一類為無用之物，全部放棄。明明將那本《斷捨離》帶來英國，希望早日練成這個「改變三十萬人的史上最強人生整理術」。不過到了搬屋執拾之時，雜物依然多得離譜，裝滿了幾大袋垃圾。

第二類和第三類都是要留下來的東西，分別在於留在英國抑或寄回香港。當前不需用到的書和家品，全部寄回香港。在外國生活之後，除了學懂煮食求生之外，還變得精打細算。倫敦和香港一樣都有土地問題，所以將物品船運寄回香港比在倫敦租一個迷你倉還要划算。

全屋最多的東西，除書之外，就是威士忌和音樂唱片。酒沒辦法郵寄（一來是液體，二來涉及稅項問題），所以最大的煩惱就是要決定將哪些書和唱片留在身邊。來了英國不到兩年，多虧Amazon，在這邊買書買唱片實在太便宜。舉個例，買一本二手書或二手唱片，定價只是〇・〇一鎊，另外加上標準的二・八鎊運費就可以買得到。之前網上有文章分析，究竟〇・〇一鎊的定價如何賺錢。原來這些舊書舊唱片都是別人或圖書館捐贈，本來就不費分毫，這些二手網店賺的錢主要從二．八鎊的運費內扣除（因為實際上的運費根本不需二．八鎊）。

書和唱片都有一定重量，紙箱裝滿之後幾乎比我還要重，搬都搬不動。你可能說一隻CD本來不重，但一套有一百零一片CD的華納經典錄製卡拉揚全集（The Complete Official Remastered Edition）就有一定分量了。喜歡錄影錄音的卡拉揚，單是唱片「全集」就有很多版本，不同唱片公司都錄製各自的「全集」。雖然卡拉揚已經去世差不多三十年，每年仍有新版本的全集出現。

搬家收拾的時候，還意外找到之前從香港帶來的一本書，是臺灣古典音樂專家blue97寫的《福特萬格勒——世紀巨匠的完美透典》（有樂出版）。blue 97實在厲害，分析福特萬格勒（Wilhelm Furtwängler）的不同錄音版本。像在一九五一年拜魯特音樂節的一場演出，演奏貝多芬第九交響曲，他聽了不同唱片公司錄製的唱片，每個樂章、逐個小節做出比較。雖然大家都錄製同一場音樂會，但有些唱片公司做了太多後期修正剪接而令到錄音失真（例如會將觀眾的咳嗽、腳步聲刪走），所以他要找出當年最為真實、最原汁原味的錄音。

卡拉揚是福特萬格勒的死敵，後起的卡拉揚比福老更加熱中於為納粹德國效力，更得希特勒的歡心。福老跟卡拉揚的一大不同，是他討厭錄音，甚少進入錄音室灌錄唱片。其中很大原因是在福特萬格勒的年代，錄音技術未成熟。

他在一九二六年進入錄音室錄製貝多芬第五交響曲，但當年的錄音技術最長只可以連續錄製四分鐘的長度，亦即每四分鐘就要換新的唱片，所以根本不能一氣呵成將樂曲演奏，一首半小時有多的「貝五」要打斷七至八次來錄音，自此之後，福老就更討厭走入錄音室了。

相約在音樂廳的頂樓

這幾年在倫敦，每十天八天就去巴比肯聽倫敦交響樂團，或者到泰晤士河河邊的皇家節日音樂廳看愛樂樂團（Philharmonia Orchestra）的演出，在專欄都寫過不少。但如果我說自己住在倫敦、喜歡古典音樂，卻不寫不提全世界最大型古典音樂節之一的ＢＢＣ逍遙音樂節（BBC Proms），實在說不過去。

夏天本來是樂團休季的時間，倫敦的樂團在這段時間要麼休息，要麼世界巡迴演出。不過我早就說過很多遍，倫敦是個聽古典音樂的好地方，恆常的樂季休息，但有BBC Proms頂上。

每年夏天在倫敦舉行的逍遙音樂節，一連八星期、每天至少一場音樂會，在海德公園旁邊的Royal Albert Hall上演。七十幾場音樂會，幾乎所有古典樂界的大名都有出現，像夏伊、拉圖，像巴倫波因、ＭＴＴ（Michael Tilson Thomas）。樂團方面，雖然今年沒有柏林愛樂，但同樣是歐洲最頂級的維也納愛樂、阿姆斯特丹的皇家音樂廳管弦樂團，還有東道主倫敦交響樂團都有演出。一些熱門的音樂會（像演奏馬勒的那幾場），門票一發售就賣得七七八八，想要買到門票，最便宜也最容易的方法（不是在音樂廳門口買黃牛），是在演出當日的朝早九點，上網買音樂會的「站立位」（未計手續費，一張站著的門票盛惠六鎊）。

Royal Albert Hall 是非一般的音樂廳，可以坐五千多人，但空間太大、太多觀眾，對音響效果都造成很大影響。簡單來說，這不是一個適合管弦樂團演出的音樂廳。但索爾福德大學的工程系教授Trevor Cox 說得好，去BBC Proms: There is more to a concert than just the sound. Seeing a concert in the iconic hall is a great social event。見到舞臺前面站滿人的畫面，你就會明白為什麼這場古典音樂會是social event了。

舞臺前的站立位，真的要「站」起來，而且永遠都站得密密麻麻。見到那些上了年紀、著得整齊的ladies and gentlemen，全神貫注企足全晚，而且站得筆直，實在厲害。而音樂廳頂樓的「站立位」，我想也是逍遙音樂節最逍遙的地方了。在音樂廳最高的五樓，除了倚著圍欄邊的人會站著看音樂會之外，大部分人都坐在或者攤在地上。

音樂會七點半開始，而音樂廳六點半就會開門。那些auntie、uncle帶齊裝備，有蓆有被有枕頭，準時六點半就直奔五層，去到那個屬於他和她的老地方。他們本來不認識，但他和她都已經不知第幾個年頭，一起在音樂廳的五樓，一起度過夏天了。他們鋪好蓆、脫鞋、蓋被、合上眼，就這樣躺在地上，一直到音樂會結束，然後靜靜離開。沒有約定，但卻比約定還要可靠，他們一定會相見。

每年暑假的逍遙音樂節就是他們生命的一部分，夏天的每個夜晚，他們都在這裡。當去到音樂節的最後一晚，奏起艾爾加（Edward Elgar）的《威風凜凜進行曲》，他們會從背包拿出米字國旗，站起來，一邊揮動、一邊合唱。當這一晚結束之後，又要等待一年的過去。然後約定明年今日，再次在五樓見面。

皇家阿爾伯特地獄

早前匆匆忙忙回了一趟倫敦，撞正倫敦熱浪，坐在倫敦特有的「強森巴士」（Boris Bus）上面又焗又熱，差點兒昏了過去。香港也好臺北也好，夏天再熱都有冷氣拯救世人，但在倫敦這個幾乎只有暖氣沒有冷氣的地方，撞正熱浪隨時可以搞出人命。

先說一下強森巴士。這輛前、中、後都可以上落客的巴士大有來頭，是最近跟梅伊鬧翻、離開內閣政府的前外相強森（Boris Johnson），在擔任倫敦市長時留下的「蘇州屎」之一。

強森當年競選市長，政綱提出要在倫敦復辟傳統的三門巴士（又稱為Routemaster，特色是可以在車尾上落，並且在車尾位置有一名巴士職員站崗收票），搞了巴士設計比賽、公開招標等等，最後由北愛爾蘭的萊特巴士公司負責製造。

強森本來想將這款巴士變成倫敦新標誌，但實際上卻受盡倫敦人的厭惡和唾棄。這款以電力和柴油為混合動力來源的巴士，最為人詬病的地方是車上空調經常失效，而巴士本身的窗口非常細小（本來並沒有設計窗口，現在的車窗是後期改造），根本不能通風，加上那張充滿倫敦特色的絨毛座椅（所謂「倫敦特色」，通常都是一些奇怪難明的事，以絨毛做為公共交通座椅的質料就是經典，骯髒到不得了）。到了夏天，巴士就變成流動桑拿。

巴士是桑拿，地鐵也一樣。在夏天繁忙時間搭紅色中央線，絕對有條件躋身成為十大酷刑。車廂沒有空調之餘，因為路線彎彎曲曲，列車行駛時的噪音也是非常驚嚇，就算戴上消噪耳機也於事無補。實在辛苦中央線的車長，每天要多次駛過從利物浦大街站到Bethnal Green 站的那一段，聽覺肯定受損，注定沒有辦法成為職安真漢子了。

搭車如此，就連聽音樂會也一樣難逃熱浪。倫敦夏天有逍遙音樂節（BBC Proms），每晚在海德公園旁邊的皇家阿爾伯特音樂廳（Royal Albert Hall）都有音樂會。老實說，我不太喜歡BBC Proms，上文寫過這個又圓又大的音樂廳音響很差，根本不適合辦古典音樂會。這次回來，因為馬勒，還是去聽了其中一場，由BBC威爾斯國家管弦樂團演出的馬勒第八交響曲。這次一早買票，沒有坐在頂樓。但音樂廳就跟地鐵和巴士一樣，室內地方卻沒有冷氣，聽完一個半小時的「千人交響曲」，坐我身邊的英國大媽滿頭大汗、臉也變青了。而在演出中途，一個站在音樂廳「企位」的老伯，真的「熱到暈低」，無端倒在地上，要由救護員入場抬走。

可憐老伯，為了聽一場音樂會，滿心歡喜去到Royal Albert Hall，差點變成一去無回頭的誤闖「Royal Albert Hell」。幸好，見到老伯給抬走離場時還有一點意識，真是阿彌陀佛。

沒有永遠標準

長大之後，再沒有理由喜歡暑假。一來沒有假放，二來不止沒有英超，而且樂季休息，除了在Royal Albert Hall的ＢＢＣ逍遙音樂節、音樂會天天上演之外，倫敦五大樂團中，四隊都避暑（除了逍遙音樂節的主人家ＢＢＣ交響樂團），少了很多節目。

逍遙音樂節不是我杯茶，除了那些「不畫位區」之外，門票都不便宜；而且皇家阿爾伯特廳音響不理想，地點位置不方便，最近的南肯辛頓車站也要走差不多二十分鐘。如果撞上地鐵的severe delay（那條來往希斯路機場的藍色線，信號故障比港鐵嚴重得多，我常常受害，因為亞非學院和兵工廠都坐落於藍色線上），從地鐵站跑去音樂廳趕開場的話，隨時跑到虛脫，Ｖ試過一次她最清楚。所以我只去了一兩次逍遙音樂節，當作應節湊熱鬧。

暑假放完，生活精采得多。一個星期之內，一口氣看了三場音樂會，去了三次皇家節日音樂廳。兩場愛樂樂團，指揮是沙隆年（Esa-Pekka Salonen）；另一場是倫敦愛樂，指揮是尤洛維斯基（Vladimir Jurowski）。兩個指揮都是各自樂團的總指揮，是信心保證。我認為兩人都不輸拉圖指揮的倫敦交響樂團。

葉建民教授說他在牛津的Blackwell書店留下了一嘸腿毛，那麼這個河岸旁邊的音樂廳，也至少有我半嘸腿毛和半公升口水了。我喜歡看音樂會，但有時候實在太累，難免不敵睡魔。聽自己鍾意的樂曲當然會精神亢奮，像馬勒像貝多芬，聽到毛孔擴張血脈沸騰。但如果聽那些近代音樂家的作品，無論是大名如阿德斯（Thomas Adès），或是圓納吉（Mark-Anthony Turnage），我通常撐不到半首就開始「釣魚」。

我道行未夠，每次聽這些近代音樂總覺得一頭霧水，聽畢全首都聽不出半句旋律，只聽到不和諧的和弦碰撞，覺得不正常。我為自己的保守感到羞愧，我不只一次聽近代音樂聽到不耐煩，想拂袖離場。這個星期的頭兩場音樂會都以現代音樂打頭陣，我來回夢境折返現實了好幾次。特別是倫敦愛樂的那一場，是烏克蘭作曲家Valentin Silvestrov的《*Eschatophony*》在倫敦首演。

Eschatophony，字典查無此字，是作曲家從詞語eschatology（末世論）演變出來，想寫音樂上的世界末日，寫世界末日的聲音。演出之前，尤洛維斯基拿起麥克風講解了差不多十五分鐘，實在非常罕見，也可以想像音樂有多前衛，需要指揮事先解讀。聽了這麼多音樂會，指揮拿起麥克風講解音樂還是第一次。

三場音樂會的最後一場，終於回歸「正常」，是愛樂樂團演奏馬勒的第三交響曲。今時今日我說「正常」，但回到十九世紀末、馬勒寫這首樂曲的時候，當時的樂迷一樣覺得馬勒的音樂難以接受。一首近乎一百分鐘長度的交響曲是離經叛道，如此龐大的樂團編制更是前所未見。一百多年之後，馬勒的交響曲變成最受歡迎。音樂如此，世界也如此，很多事都沒有永遠標準，也沒有什麼不可改變、不可撼動。

波坦金戰艦

最近看了兩齣經典電影，一是一九八二年的《銀翼殺手》。在三十五年前幻想現在（二〇一九年）的世界，除了那些飛來飛去的交通工具之外，其他都幻想得非常準確：天氣繼續沒有辦法控制，電影裡面幾乎天天下雨；繼續是可口可樂；還有最重要，二〇一九年的人依然看傳統紙本報紙，這對於做報紙的人來說，真是可喜可賀。

另一齣經典，在皇家節日音樂廳裡看前蘇聯電影《波坦金戰艦》（*Battleship Potemkin*）。電影是默片，放映同時有愛樂樂團（Philharmonia Orchestra）現場配樂，指揮是俄羅斯兩棲音樂家（鋼琴家和指揮）——阿胥肯納吉（Vladimir Ashkenazy）。

曾經在香港看阿胥肯納吉指揮港樂，演奏浦羅高菲夫的第三鋼琴協奏曲，印象不太深刻。今次換上愛樂樂團，表現好多了。畢竟現場為默片配樂絕不容易，電影一開始播放，樂團就要演奏，一直到電影完結。因為電影不會遷就樂團，播放了就不會加快放慢，只能靠指揮掌握時間節奏，才能夠配合得天衣無縫。八十歲的阿胥肯納吉沒有絲毫老態，整整七十五分鐘的電影，跟音樂非常匹配。

《波坦金戰艦》在一九二五年上映，導演是蒙太奇始祖愛森斯坦（Sergei

Eisenstein），差不多一百年前的電影，看起來一點脫節的感覺都沒有。電影的故事發生在一九〇五年，波坦金號戰艦上的士兵不斷受到艦上軍官壓迫，只能夠吃腐爛的肉（電影中那塊蛀滿蛆蟲的腐肉也非常逼真），前蘇聯電影當然是宣傳社會主義的偉大，士兵受到壓迫剝削而群起反抗，將所有軍官推落船。

此舉得到附近港口人民的支持，卻因而惹怒刻毒涼薄的沙皇政權。沙皇軍隊入城屠殺，一排士兵騎著馬，從奧德薩階梯（Odessa Steps）徐徐步下，殺死所有聚集的群眾。這經典一幕，經典到全世界都以為這場屠殺真有其事，實際上只是愛森斯坦的想像。屠殺民眾之後，沙皇繼續追擊波坦金號，就在海上短兵相接、戰艦開炮駁火的一刻，沙皇戰艦臨陣倒戈，轉投社會主義的懷抱之中，電影也就此完結。

故事橋段聽起來有點荒謬，但要知道，這套電影最初在很多國家都是禁片，那個時候很多國家都是聞「左」色變，怕會牽動群眾情緒，引發社會混亂，當中包括英國，一直要到一九五五四年才在英國解禁上映。

《波坦金戰艦》的配樂，最初由奧地利音樂家Edmund Meisel所寫，但愛森斯坦不想電影過氣，而保持電影歷久常新的方法，就是每二十年重新配樂一次。一九七五年，前蘇聯政府慶祝電影五十週年，用上最最有名的音樂家蕭士塔高維奇的三首交響曲來編寫配樂（俄國革命一百年，關於前蘇聯政權之下的音樂，下文再談）。而我今次看的最新版本，則擴大了篇幅，用了蕭氏五首交響曲。電影落幕，音樂完結，全場都站立拍掌，非常激動。不過觀眾不是受了社會主義的感動，而是給樂團和指揮的表現所折服。Bravo！

革命在倫敦

二〇一七年是俄國「十月革命」一百年，倫敦樂界（特別是十月、十一月）也變得很蘇聯。愛樂樂團這個樂季的其中一個主題，是由阿胥肯納吉負責指揮的「革命的聲音」（Voices of Revolution Russia 1917），上文寫了此系列的其中一場音樂會，由樂團現場伴奏愛森斯坦的革命電影《波坦金戰艦》；倫敦「一哥」倫敦交響樂團（London Symphony Orchestra）也選了愛森斯坦的另一齣革命電影《十月》，在巴比肯中心放映和現場配樂；而最新一期《BBC音樂雜誌》的封面，也是蘇聯作曲家蕭士塔高維奇（Dmitri Shostakovich）的大頭。

在蘇共時代的芸芸音樂家之中，蕭士塔高維奇跟蘇共政權的關係最微妙。不像拉赫曼尼諾夫或浦羅高菲夫，革命發生不久就離開家鄉遠走美國（浦羅高菲夫最後在一九三六年回到俄羅斯，寫了《彼德與狼》。只是後來給蘇聯政府扣了「形式主義」的帽子，鬱鬱不得志之下在一九五三年跟史達林同一日去世，也注定了他死後的葬禮無人關注，連一朵鮮花也沒有）。蕭氏在一九一七年革命之時才十一歲，他說當年列寧流亡之後回到彼德格勒，他還去了火車站迎接這位革命領袖。

蕭士塔高維奇跟蘇共的關係是愛恨交織非常微妙，蕭氏的歌劇作品《穆森斯克郡的馬克白夫人》最初廣受好評，但史達林入場看完之後，批評作品低劣，是「Muddle instead of Music」（是混亂而非音樂），及後又取消了蕭氏第四交響曲的首演。蕭士塔高維奇最後寫了第五交響曲，緊跟黨的路線：簡單、貼地，創作所有人都可以欣賞的音樂。首演之後大獲好評。

不過現在也有樂評人說，蕭氏在第五交響曲之中，流露了一種空洞窒息的感覺，是一種對政權無形的抵抗。愛樂樂團的特刊說：「蕭氏一輩子都跟史達林玩貓捉老鼠的遊戲。」跟蘇共政權捉迷藏，是蘇聯時代從事文化的人都必須學懂的遊戲。即使是後期的阿胥肯納吉，也因為娶了冰島妻子而遭國家打壓，最後逃離蘇聯來了倫敦。

除了音樂之外，倫敦這個城市本身也跟俄國革命有密不可分的關係，以前寫過倫敦的百花里是列寧流亡倫敦時居住的地方（而對列寧影響深遠的馬克思也在倫敦寫成《資本論》）。列寧斷斷續續在倫敦住過幾次，每次都住百花里附近。我在那邊至少發現過兩塊藍牌，寫著「Lenin Lived Here」。他喜歡到大英圖書館讀馬克思，吸收共產主義的精神。就在那個時代，作家吳爾芙夫婦、經濟學家凱因斯都在百花里喝酒喝咖啡，不知道他們有沒有遇過列寧？那個時代的百花里，不就像上個世紀香港的深水埗桂林街嗎？那時候的桂林街有錢穆有葉問有黃霑，一樣高手雲集。

還有個傳聞，說明倫敦對俄國革命的重要：列寧跟史達林第一次見面，就在倫敦

Clerkenwell附近的一間酒吧The Crown Tavern，喝了一杯啤酒，談了一下革命大計。看來也是時候，跟我兩個香港朋友，去那邊喝一杯了。

在主教堂聽馬勒

英國樂評人Norman Lebrecht寫的《為什麼是馬勒？》（*Why Mahler?*），副題本來是：How One Man and Ten Symphonies Changed The World，臺灣中譯本的將副題譯成「史上擁有最多狂熱樂迷的音樂家」說起來並不忠於原文，不過，馬勒有很多狂熱樂迷，確是事實。

早幾個星期，聽完沙隆年（Esa-Pekka Salonen）指揮愛樂樂團的馬勒第三交響曲之後，走出河岸旁邊的音樂廳，有人在派單張，我隱約見到馬勒的大頭印在單張上面，好奇去拿一張。原來是一張英國馬勒社團（The Gustav Mahler Society UK）的入會表格，該社在二〇〇一年成立，現任主席是丹尼爾・哈丁（Daniel Harding）。交了會費就可以參加社團活動，像討論馬勒交響曲的研討會。

說起哈丁，不得不提一下這位俊俏的英國指揮。二十歲就登場BBC Proms 指揮柏林愛樂，做過拉圖和阿巴多的助手，現在是巴黎管弦樂團的總指揮。有次看阿巴多的紀錄片，那時哈丁還是二十出頭的黃毛小子一臉稚氣，現在他跟委內瑞拉的杜達美、拉脫維亞的庵德里斯・尼爾森（Andris Nelsons），算是年輕一代中最傑出的指揮家。

夏丁跟卡拉揚一樣，都喜歡自己駕駛飛機。

除了馬勒社團，最近還發現有倫敦馬勒管弦樂團（London Mahler Orchestra），在二〇一一年、馬勒逝世一百年的時候成立，每年演出兩次，樂手大部分都是大學或藝術學院的學生。倫敦馬勒管弦樂團之前就在倫敦橋旁邊的南華克座堂（Southwark Cathedral）演出馬勒第三交響曲。

一個月內聽兩次馬勒第三，難免有所比較。我喜歡沙隆年指揮的馬勒（沙隆年是我現在最喜歡最欣賞的指揮），聽過第一和第六都精采，今次聽第三也不例外，聽得非常快樂。樂評網站Bachtrack說，一百分鐘的第三交響曲，沙隆年的演繹令觀眾毫不疲倦（indefatigable and sure-footed guide）。不過，拿愛樂樂團的演出跟倫敦馬勒管弦樂團比較實在不公平，一隊是職業樂團，另一隊是年輕樂手、拉雜成軍。而且，演出場地本身也影響聽音樂的經驗。

在差不多一千年歷史的南華克座堂中聽古典音樂，看起來非常浪漫，但其實絕不合適。教堂隔音差，就算門外的Borough Market 已經收檔，但倫敦橋上的車聲依然聽得清楚。在教堂內演出大型編制的馬勒交響曲，樂手超過一百人，教堂內大理石的牆壁和圓頂，令聲音不斷迴彈，聽起來變成一堆聲音亂飛亂撞。在馬勒第三交響曲中最長的第一樂章，去到樂章最尾，馬勒下了註釋「Mit hochster Kraft」，即with all possible strength的意思。在教堂內，幾乎真的嘈到拆天。

教堂內也沒有舞臺，樂團和觀眾的距離近到可以有眼神交流。那個小提琴的副首席女生，整晚演出跟我不知交換了幾多個眼神，我心想，雖然是人之常情，但你也太不專心了。

不過，見到個個樂手都穿得漂亮、表情興奮，他們令我想起以前在讀中學時參加管弦樂團的回憶。雖然演出有瑕疵，但勝在熱情搭夠，還算一場精采演出。回到家，八卦看一下他們樂團的網站，原來每次演出都會招募樂手。我跟自己說，下次可以報名的話，是時候拿起我的單簧管，重出江湖了。

花甲之年

古典音樂雜誌《留聲機》（*Gramophone*）六月號的封面人物是芬蘭指揮沙隆年（Esa-Pekka Salonen），在網上看到封面一刻我就立即想買了，接下來我每天都走到誠品的雜誌架，看看上架沒有。等了又等，足足遲了半個月，以幾乎英國原價的兩倍價錢才買到這期《留聲機》，真是皇天不負有心人。

沙隆年是我最喜歡的指揮，我常常都說，他和愛樂樂團（Philharmonia）其實不輸倫敦愛樂（London Symphony Orchestra）。只是倫敦愛樂更有歷史，而且近年有拉圖爵士（Sir Simon Rattle）的加持，才會在英國搶盡風頭。如果客觀一點，又或者沙隆年是英國人的話，他和愛樂樂團應該會更受重視。

英國人就是這樣，就算早已經不是上世紀初的日不落帝國，那種大英主義至尊至上的思想在國民之中仍然揮之不去。馬嶽教授寫他為什麼討厭英格蘭國家隊，其中一大原因就是英國傳媒總喜歡瘋狂吹捧自己人，那篇文章完全是正中紅心、擊中要害。像平庸到不能再平庸的球員，也可以寫到個個跟戴志偉小志強一樣厲害；然後好運入到四強，就說是黃金一代盛世降臨，永遠都罔顧事實。如果英國傳媒能謙卑一點，大概英格蘭隊也沒有這麼令人討厭。真抱歉，明明在寫古典音樂，竟然扯到英格蘭來，真是嚴重離題了，不過在過去一個月看英國傳媒實在看到反胃，不吐不快。

說回沙隆年，一頭白髮一臉白鬚，散發一點滄桑的「佬味」，我有時候想，如果到我六十歲的時候可以跟他一樣有型就好了。北歐簡約風格是他的標誌，以指揮來說，他的簡約之處在於沒有頂著一個像拉圖或梵志登一樣的大肚腩，可以輕盈快步走出舞臺。如果讀者不諳古典音樂，不知沙隆年如何有型，不妨看看幾年前他為蘋果公司拍的iPad廣告，據說不少女樂迷都是看完廣告之後，受沙隆年所吸引而開始聽古典音樂。

沙隆年的厲害之處，是他除了有指揮家的身分之外，本身還是作曲家，他是紐約愛樂樂團的駐團作曲家。在伯恩斯坦（Leonard Bernstein）和布烈茲（Pierre Boulez）之後，他是最出色的指揮作曲家了。

今時今日兩棲的音樂家其實不少，但多數都是演奏和指揮的兩棲（像巴倫波因和阿胥肯納吉），而且很多時候都「兩頭不到岸」，就像皇家愛樂樂團的首席客席指揮祖克曼（Pinchas Zukerman），本身是小提琴家，但他的指揮實在不敢恭維。有一次看他一邊演奏貝多芬的小提琴協奏曲，一邊用琴弓指揮，看起來滑稽之餘，聽出來也非常混亂。

看過最深刻的一場音樂會，是沙隆年指揮愛樂樂團演奏史特拉汶斯基的《春之祭》，充滿了力量的演奏，配合四名舞蹈員穿著火紅的衣服，在一片漆黑的舞臺跳舞，營造出祭典一樣的神聖。沙隆年一直以來都追求視聽的糅合，那場演出也算是極致的表現了。

不入樂聽，怎知動聽如此

連續寫了幾個星期音樂，本來想轉轉題目。例如來到冬令時間，時鐘撥慢了一個小時，四點未夠就天黑，人會抑鬱，肚亦會餓，五點鐘就覺得是晚飯時候。唯一解決方法是多買一兩盞燈，自製日光。

又想過寫一下倫敦的浪漫，近來個個女生都說，看完電視劇《短暫的婚姻》之後一定會愛上陳奕迅、都想在倫敦生活、想搬進Paradise Road。走在倫敦街頭，春天夏天有花有草，秋天冬天有落葉有飄雪，只要跟喜歡的人手拖著手，都會像戲裡一樣浪漫；就算不能夠，幻想一下回憶一下也一樣很好。不過，我最近看了幾場音樂會，太精采了，不得不寫。浪漫的事，留在心裡就夠。

在倫敦聽音樂的感覺是，胡亂入場都可以聽到最頂級的音樂。我在幾天之內，見盡巴倫波因、海汀克（Bernard Haitink）等等，喜歡不喜歡都好，都是樂壇大師級人物。最近跟一班剛來倫敦的留學生吃飯，我跟他們說，你們不入音樂廳聽一兩次音樂，實在枉來倫敦呀。然後，他們最常的反應是：怎樣開始聽？

古典音樂像無底深潭，我是業餘樂迷，勉勉強強弄清楚一兩個作曲家的音樂。要浸沉在音樂之中，別無他法，只有亂聽亂試才能試出自己口味。像湯顯祖在《牡丹亭》中所寫：「不入園林，怎知春色如許。」聽音樂亦同樣道理：不入樂廳，怎知動聽如此？

我以前對柴可夫斯基沒有很大興趣，因為根本不認識，只知《天鵝湖》、《一八一二序曲》等「流行古典」。但前一段時間，連續兩場音樂會都奏老柴的交響曲，一聽就愛上。一場是LSO的新作——Half Six Fix，即六點半開場。一般音樂會都是七點半開始，十點前結束，經常有人投訴時間尷尬，音樂會前吃晚飯會時間太趕，而且吃飽就想睡覺；音樂會後才吃又太晚，會給音樂加上不必要的肚子打鼓聲。

所以LSO這個樂季開始了六點半「早場」，打頭陣的是剛上任的義大利首席客座指揮諾塞達（上一任是英國人哈丁），指揮老柴第四交響曲。早場音樂會，只演一首音樂，但在音樂開始前會有講解，有點像伯恩斯坦在幾十年前，在紐約卡內基音樂廳給青年人舉辦的Young People's Concerts（在YouTube上有錄影，可以趁伯恩斯坦誕辰一百年，再次欣賞他的風采）一樣，即場講解、即場示範。特別喜歡第三樂章開始時，弦樂一段急快的撥弦（pizzicato）旋律，當去到樂章最尾，又有一段由銅管樂模仿弦樂撥弦的那一段。LSO的樂手都厲害，把第三樂章奏得天衣無縫。

另一場音樂會，跟阿胥肯納吉一樣，同時是指揮和鋼琴家的兩棲音樂家巴倫波因，帶領西東合集管弦樂團（West-Eastern Divan Orchestra）演奏老柴第五交響曲，最深刻是最後第四樂章的銅管樂合奏，充滿力量，聽到就覺得熱血。至於有關巴倫波因、有關西東樂團，還有很多故事要說，下文再談。

音樂政治家

指揮杜達美原定來港率委內瑞拉的西蒙・玻利瓦爾交響樂團（Simón Bolívar Symphony Orchestra），一連五天指揮全套貝多芬交響曲，不過因為杜達美公開跟委內瑞拉政府對抗，給委國總統馬杜洛叫停巡演，杜達美一夜之間成為反政府英雄。

寫音樂寫得出神入化的邵頌雄教授，寫了篇精采文章〈歡迎，杜達美〉，寫音樂跟政治的關係，還原這位年輕指揮的真實一面：杜達美的確天才橫溢，但談不上什麼政治英雄。藝術與政治密不可分，音樂也不例外。但藝術家卻不等於政治家，若要涉足政治，隨時吃力不討好。邵教授在文章開頭提到的巴倫波因就是好例子。

巴倫波因在今年的BBC Proms，指揮柏林國立樂團（Staatskapelle Berlin）演奏英國作曲家艾爾加（Edward Elgar）的音樂。他在encore環節發表演說，一開始就說「不講政治，而是講關於人的事」（not political, but rather of a human concern），他是傳統「左膠」，擔心分離主義，所以音樂很重要，因為音樂超越政治，可以超越國界，就像德國的樂團可以演奏英國的音樂一樣（當晚的表演戲碼），不需翻譯也可以溝通。

巴倫波因一直以來都不抗拒政治，甚至以音樂影響政治為目標。最近在倫敦看他指揮西東合集管弦樂團（West-Eastern Divan Orchestra）演奏柴可夫斯基的第五交響曲，這隊西東樂團本身就極具政治意義。

西東樂團在一九九九年由巴倫波因和著名學者薩伊德共同創立（Edward Said，著有《東方主義》）。巴倫波因是以色列人（他同時因為促進巴勒斯坦的文化交流而獲巴國護照，據說是第一個擁有以、巴兩國護照的人），薩伊德則來自巴勒斯坦，而樂團的樂手都是以巴兩國和其他阿拉伯國家的年輕人，旨在用音樂促進以巴溝通。巴倫波因說，他不是代表任何一面去遊說對方，樂團也不可能促成兩國和平，只希望兩邊人民可以多點互相了解。

樂團在歐美備受關注，但卻不能登上以巴兩國和其他阿拉伯國家的舞臺，因為這些國家各不相讓，認為樂團的政治中立等於認同現狀，是一種將問題正常化（normalization）的表現。西東樂團究竟帶來多少政治成效，一直都受到質疑。

但拋開政治，巴倫波因卻是音樂界的大人物。七歲登臺，十一歲時得到一代指揮福特萬格勒稱為「非凡人物」（aphenomenon）。即使在一九九九年的柏林愛樂樂團音樂總監選舉中輸給拉圖，他的兩棲地位（鋼琴家和指揮）仍然是世界第一。

不過，雖然「只是」七十五歲（以樂界標準應該是大熟大勇的年齡），卻開始顯露老態。在最近倫敦的演出，指揮時都倚在臺上的圍欄，指揮中途又示意第一排的小

樂曲時間愈長，對於指揮、樂手而言，保持專注就是最大的考驗。

相較於樂團演出，前後十三名獨唱歌手的水準，似乎沒有樂團一樣穩定。或者說，有些歌手明顯水準較高，像聲演哈根的Eric Halfvarson，像飾演華特洛緹（布倫希爾德的其中一個女武神姊妹）的Michelle DeYoung。

見到Michelle DeYoung有一種格外的親切，上年在倫敦南岸，看愛樂樂團演出馬勒第三交響曲，在第四、第五樂章演唱的就是她。說回《諸神的黃昏》，打頭陣、在序幕出現的三名命運女神，似乎沒有進入狀態。特別是第二女神，好一段時間，聲音像給音樂廳的空間吸收了一樣，幾乎聽不到她唱什麼。

完成《指環》系列是一大創舉，對港樂本身的發展來說，也樹立了一個里程碑。看看樂季的其他節目，像余隆指揮馬勒的《大地之歌》，同樣值得期待。

除了港樂的《指環》，最近還有國際室內樂音樂節，我聽了《貝多芬的一生》那一場。當然是為了貝多芬鋼琴三重奏的作品九十七號、即「大公」而聽。從新的灣仔碼頭行去演藝學院，爬了好幾個路障和水馬才走得到。灣仔會展附近一帶大興土木，將行人趕盡殺絕。

相比起一大隊的管弦樂團，小型的室樂演奏我少聽。上一次是在倫敦霍本的康威中心（Conway Hall），也是聽「大公」。門票十鎊，去到才發現原來只要二十六歲以下就可以免費入場。為什麼要吸引二十六歲以下的青年人入場？

因為在場的觀眾，目測一下，平均年齡八四．三歲，實在有年輕化之必要。中場休息的時候，跟在公公婆婆後面，排隊買杯蘋果汁。這是他們的生活日常。那一晚的三重奏音樂會，永遠都深刻難忘。

行人地獄的最後一夜

旺角行人專用區殺街，有了「最後一夜」這個主題，大媽大叔比平日還多加兩錢肉緊瘋狂亂叫亂跳（我不認為他們是在唱歌跳舞）。菜街變成升高了十八層的地獄。我趁最後機會深入虎穴，走完整條菜街，挑戰人體極限。朋友知道我去看大媽，笑我平時裝模作樣寫西洋古典音樂，骨子裡還是喜歡「本土音樂」。這個指控當然嚴重失實。我很喜歡的獨立爵士唱片公司ＥＣＭ，形容他們的音樂是the most beautiful sound next to silence，相比之下，這些大媽魔音就是the most horrible sound了。所以我去現場只是想見證歷史，負起一個研究社會科學的人的責任，做點社會觀察。

行人專用區給行人專用了十八年，頭十多年時間明明安然無恙，為何近年大媽入主之後情況急轉直下？日本叫行人專用區「行人天堂」，為何旺角卻變成行人地獄？如何規管、如何控制街道使用，是那些每月拿十幾二十萬的高官公務員應該處理而且必須處理的難題。像現在一樣，乾脆將菜街殺掉只是最消極最無能的做法。

從旺角回家之後，耳邊仍然迴盪著「世間始終你好」，我逗留十分鐘已經如此，可憐那些每天在樓上居住、樓下上班的人，他們做錯了什麼要受如此的折磨？現在殺街，對他們來說也算是一種解脫。只是如果現在住在菜街的人，是在尖沙嘴天星碼頭附近工作的話，我怕他（她）很快會給逼到跳海自盡。

為了令自己腦裡不再想著「這陷阱這陷阱偏我遇上」這些歌詞，我打開了最近找到的一個寶庫，聽些真正的音樂，那就是柏林愛樂樂團的數碼音樂廳（Digital Concert Hall）。之前一直嫌月費太貴不肯訂閱，但一個人在臺灣生活實在太過無聊，而且不像在英國一樣，可以常常走去聽音樂會，所以就訂閱來過過癮，結果一發不可收拾。

音樂會的錄像非常豐富，以剛剛卸任首席指揮的拉圖爵士為首，在數碼音樂廳入面就有拉圖指揮過的近兩百首音樂可以觀看，無論是他的告別音樂會（演奏馬勒第六交響曲），抑或是二〇〇二年他上任後的首場音樂會（演奏馬勒第五交響曲）都應有盡有。你可以按喜歡的作曲家或指揮家尋找影片，杜達美、梵志登、夏丁等指揮跟柏林愛樂一起演奏的音樂會都可以找到。

而對我來說，數碼音樂廳最寶貴的地方，是可以看到很多現在都已經不可能再看到的指揮，像卡拉揚在一九七三年演奏的布拉姆斯四首交響曲、阿巴多在一九八九年上任時演奏的馬勒第一交響曲。這些都是經典，都是我只能從錄像才有可能看到的音樂會了。另外，這個網站還會做音樂會直播，今個月的月尾就是新一任首席指揮佩欽科（Kirill Petrenko）的上任首演。去不了柏林，至少也要看直播見證歷史。

沒錯，又是見證歷史，不過這次也是欣賞音樂。

敦克爾克

剛剛讀趙越勝的新書《精神漫遊》（牛津大學出版社），開篇第一章是他讀小說《白輪船》的札記。趙引了小說的內容，寫一個七歲小孩的自殺：「走到河邊，邁步跨進水裡……到了水深流急的地方，他被沖倒了。他在激流中掙扎著，順水流去，逐漸閉住了氣，凍僵了。」趙越勝說，小孩「實踐了要靠最高意志力支撐的行為」，那個畫面一直停留在我腦海中。

隔了一天，到戲院看諾蘭導演的新片《敦克爾克大行動》（*Dunkirk*）。戲裡面的一幕，一個士兵獨自走到岸邊，解開裝備，走入風高浪急的大海，選擇讓海浪結束自己的生命。《敦》片故事簡單，對白不多，但卻沉重，因為電影描寫戰場的「日常」，亦即生死。而他選擇了敦克爾克這戰場。

片裡面最多的畫面，是一群盟軍士兵排隊上船，從敦克爾克撤退。等候期間聽到遠處的戰機聲音，隔一會才看到飛機蹤影；然後抬頭見到機翼上的納粹標誌，全部士兵立即雙手抱頭蹲低，閉上眼、咬著唇，吸一口可能是生命中最後的一口氣。轟隆一聲，敵軍戰機投下的炸彈就是死神。耳邊還有爆炸的餘響，睜開眼就發現死神帶走了幾秒前還站在附近的幾個戰友。只要白天、只要天氣許可，戰機都會不斷來回飛過、投下炸彈。當失去求生的意志、抵受不住爆炸的聲音，洶湧的大浪就會向你招手。

《敦》講述的是二戰初期的一場重要戰役——敦克爾克戰役（Battle of Dunkirk）。歐戰從一九三九年九月德國攻打波蘭揭開序幕，一九四〇年五月，德國攻打歐洲大陸勢如破竹，很快就取下比利時、荷蘭等國家，並且攻破法國的馬奇諾防線，再前進就到達分隔英、法的英吉利海峽。盟軍不斷退守，一直退到法國沿岸的港口城市敦克爾克。面對德軍空、陸兩路從三面包圍，盟軍在五月二十六日啟動代號「發電機行動」的撤退計畫。歷時九日的撤退行動，將三十四萬盟軍從法國的敦克爾克撤退到一岸之隔的英國。

談到敦克爾克戰役，通常的結論都形容這是一次成功的戰略行動。在德軍包圍的情況下，短時間奇蹟地將三十多萬人撤走，保留了軍力，為日後戰勝軸心國、結束二戰奠下基礎。然而，當不斷強調這次撤退怎樣成功、營救了幾多人的時候，彷彿將生命都換算簡化為數字。無論最後存活也好，抑或最終陣亡，每一條人命都在那個不幸的時代之下經歷過生死。當看完《敦》片之後，看到三條故事線的幾個角色在敦克爾克掙扎求存，在戰火之下，生命不是數字，生命是有血有肉的最珍貴。

戲裡面的敦克爾克雖然同樣受到轟炸，但跟實際上的慘況仍然相差很遠。在一九四一年出版的回憶錄，有士兵說在海灘上的屍體根本無人清理，在天氣熱的一兩天，血腥和腐爛屍體的氣味令海灘比屠房更臭。

香港人喜歡導演諾蘭，因為《敦》片再次興起「二戰熱」，並且少有地將重點放在歐洲戰線。不過諾蘭導演將故事簡單化，敦克爾克戰役的很多重點都沒有交代很多。盟軍在敦克爾克的撤退實在是奇蹟，主要奇在兩個地方。

第一，德國明明氣勢如虹，偏偏去到敦克爾克的十英里外給希特勒叫停，沒有乘勝擊潰盟軍。雖然沒有明確說法，但一般評論都認為有幾個可能：一是德軍行軍太快，補給物資跟前線距離太遠，要停下來重整隊形。也有一說是德國空軍認為單靠戰機轟炸都可以殲滅盟軍，不過事與願違，加上天氣變差，令德國空軍有幾天沒辦法出動。還有一個說法，是希特勒不想趕盡殺絕，好讓將來迫使英國議和。

盟軍能夠從敦克爾克撤退，一方面由於德軍久攻不下，另一方面也要自己克服困難，將幾十萬士兵送回英國。所以第二個奇蹟，是英軍如何在水淺浪急的敦克爾克將士兵快速運走。英國軍艦洗水太深，根本不能靠岸駛近，要離開就只能靠小船做接駁，或直接由小船駛回英國。所以在撤退行動中，英國就呼籲英國船民駕船前往敦克爾克協助營救，前後動用了近千艘船隻。因此在戲中，才會有第二條、關於小船前往敦克爾克的故事線。

如果你以為在戲裡面的那條小船已經算小、在戰艦旁邊顯得太過單薄太過危險的話，在歷史中參與敦克爾克營救行動的最小一條船，比那艘船還要小得多，只有十五尺長，連引擎也沒有，真的只能夠「揚揚帆昂昂然盡辦法搜索下去」。那條名為「Tamzine」的小船，現在就放在位於倫敦格林威治的帝國戰爭博物館（Imperial War Museum）裡面展覽。

《敦克爾克大行動》是愛國電影，平民百姓將小船駛往戰場，士兵見到無數的小船來到，個個感動得熱淚盈眶，這情景無論在電影抑或當年歷史，都非常合理。國難當前，匹夫有責，如果我有船也會出海前往敦克爾克。不過，出到大海風高浪急，頭頂戰機不斷飛過，逐漸駛近戰場的時候，開始聽到轟炸的聲音、聞到硝煙的味道，不少船隻都想打道回府。海軍中將藍斯唯有下令一艘掃雷艇的船長，每見到一艘小船空船而回，都要將該船船員拘捕。

除了動員全國小船之外，另外一個常常受到忽略的細節，是在敦克爾克奮力抵抗德軍的後衛部隊（rearguard）。作家Hugh Sebag-Montefiore（讀者可能聽過他弟弟Simon Sebag-Montefiore的大名，著有之前大賣的《耶路撒冷三十年》）在《*DunKirk：Fight To The Last Man*》一書中，就是要談這批軍人如何戰鬥到底，擋住德軍的地面進攻。

撤回英國之後，就像電影裡面一樣，很多火車已經在港口預備，將士兵運回英國其他城市。不過在三十多萬撤退的盟軍中，英軍占二十萬人，餘下的十四萬人主要為法國軍人（約十二萬）。這些法國士兵在萬苦千辛之後來到英國，但實際上很快又被送返法國。除了大約兩千個受傷士兵之外，其餘都在抵達英國四十八小時之內，送到南漢普頓（Southampton）或普利茅斯（Plymouth）港口，轉船回到法國繼續戰鬥。而在六月二十二日，法國宣布投降。

撤退雖然成功，但同時為了撤退，盟軍將大量物資兵器都捨棄，特別是重型武器。就連德國士兵見到盟軍留下的物資堆在一起，像電單車、槍炮等等時，都說是不能形容（indescribable）的壯觀。而一邊撤退、一邊將物資銷毀的英軍士兵就說，當他要將車的輪胎燒毀、將食水排走的時候，感到非常悲痛，因為他一直以來都好好保管這些物資，現在成為廢物。

一九四〇年六月四日，撤退任務完成，英國士氣開始回復，邱吉爾在下議院發表著名演說「戰爭不是靠撤退來取勝的」，他說：無論戰場是法國、是海上、是沙灘都好，英國都會戰鬥到底。而同一日，德國的名牌樂團柏林愛樂樂團在德國城市波茨坦（Potsdam）演出，演奏貝多芬的第六交響曲《田園》，指揮是福特萬格勒。福老早在一九三四年就辭去總監一職，因為他不滿納粹德國的文化政策、也對希特勒不滿。而在《敦》片上映之後，報紙上網絡上寫評論的人，幾乎個個都提到配樂的漢斯．季默，說他令電影昇華。音樂不只對電影重要，在二戰時期也同樣舉足輕重。

二戰跟一戰的不同，在於打仗期間，不論是盟軍抑或德國，管弦樂團仍然如常運作，而且擔當重要角色。柏林愛樂在二戰期間，經常到德國占領（或即將占領）的地方演出，安撫當地人民。在一九四〇年九月，他們就去了法國、荷蘭和比利時演出。由戈培爾（Joseph Goebbels）率領的納粹宣傳機器，在二戰期間不斷運作，希望在殺戮流血的戰場以外，開拓新的戰線，樂團是其中一個重要棋子。

不過，在占領法國之後，樂團就禁止演奏法國作曲家的作品。而有趣的是，法國作曲家比才的《卡門》因為太過流行而獲得豁免。除了外出宣傳納粹德國的優越，樂團也跟納粹德國的第三帝國廣播公司（Reichs-Rundfunk-Gesellschaft）簽約，令到德國民眾可以輕易聽到柏林愛樂樂團的演奏，振奮國民士氣。

一九四二年，福特萬格勒在希特勒的生日慶典上演奏貝多芬第九交響曲（儘管福特萬格勒未必真心慶祝）。看完沉重的《敦克爾克大行動》之後，聽一下當年的《快樂頌》，就像登上了時光機，回到槍林彈雨的炮火之中。

IV

只能相信百年之後

二〇一六危險的一年

在二〇一六年最後一期的《經濟學人》，見到一則顧問公司的廣告，看見之後打了一個冷顫。標語寫著Special relationships start with new ideas，廣告詞沒有問題，廣告的配圖才是重點。上面有一張相，是美國新當選總統川普和英國獨立黨前黨魁法拉奇（Nigel Farage）的合照，兩個中年男人在相中笑到「見牙唔見眼」。也難怪，經過今年的英國脫歐公投和美國大選之後，世界變了樣，大地都在他們腳下。

所謂new idea，其實一點也不new。二〇一六右翼主義再抬頭，一舉打沉過去幾十年我們一直覺得「理所當然」的自由主義。在同一期《經濟學人》，第一篇文章就是二〇一六年度回顧，題為「危險的一年」（The year of living dangerously），講的就是自由民主價值在蘇聯解體之後，如入無人之境，引來政治學者福山在當年提出「歷史終結論」。

當然，就算亨廷頓沒有用「文明的衝突」做為反駁，福山的歷史終結論一樣分崩離析。看看今時今日的政治人物，除了上面提到的川普，還有菲律賓的杜特爾特，還有一直都在的普丁和習近平等。平等自由、民主開放等「普世價值」已經不再普世，就連剛剛被評為「全球第三無知」的臺灣也唯恐天下不亂，無端端有一間中學，模仿納粹德國閱兵。這可能出於無知，但極右翼的納粹、法西斯主義肆虐，多少何嘗不是無知作祟？就在一年前，全世界還鋪天蓋地紀念二戰結束七十週年，媒體爭相做專題，訪問很多二戰倖存者，寄語世界不要忘記歷史慘痛教訓云云。

當時我還幫電臺寫了一個猶太倖存者的訪問。有關猶太人，他們當年被納粹軍屠殺，又要求他們帶上黃星（Yellow Badge）以資識別。我一直有個疑問，究竟如何分辨出猶太人？

我在學校旁聽的一課，有一個本身在喬治城大學做教授，教拉丁文學的「同學」特地休假一年，來倫敦讀一個臺灣研究的碩士學位。他叫亞當（Adam），是個猶太人，在閒談間有人問如何才能分辨出猶太人。如果單靠外貌，就算是外國人自己都分不出來。不過亞當說，只要留意他的名和職業，就可以九成肯定他是猶太人。「亞當是舊約聖經人物的名字，而我是一個教授，猶太人身分已經呼之欲出。基本上我身邊認識的猶太人，沒有一個不是醫生或者教授等職業。」除了名，猶太人也有一些熱門姓氏，像李維（Levy）、格恩萬（Grunwald），還有顧德（Gold）。

講到顧德，還要提提顧爾德。加拿大鋼琴家顧爾德（Glenn Gould）本身不是姓Gould，而是姓Gold。但身在一九三〇年代，不是猶太人而有一個猶太人的姓總會引來麻煩，所以他爸就決定改姓，免去不必要的誤會。當年右翼狂潮搞垮全世界，為了避嫌就連名都要改；這年是右翼復興的一年，將來回望，二〇一六年絕對是危險的一年。

可惡的三月

一直以來都討厭三月。在以前要穿校服的學生時代，開學之後第一件做的事，就是打開校曆，看看節日假期的分布。只要見到那年的中秋節不在星期五就放下心頭大石（如果中秋翌日在星期六，學生就少了一日假），而三月通常都是慘不忍睹的，半日假期都沒有，一見就覺得難捱。

三月的可惡是多層次的，所以即使在中學畢業之後，三月仍然一樣討厭。做為兵工廠的忠實球迷，近十多年的三月都是異常難過。因為每年去到這個月分，不會遲也不會早，球隊就會在各項大小盃賽出局，各項戰線全軍覆沒。球季明明六月才完結，但每到三月就可以提早宣告脫離爭標行列，餘下的賽事都變成例行公事，贏輸都一樣：沒有冠軍。

所以每年三月，不少朋友大概都聽我說過：「兵工廠又輸了，以後不看球了。」當然這句話永遠在下一個Saturday 3pm的時候就不攻自破。我又會準時坐在電視機前支持兵工廠，這是風雨不改的浪漫。看足球的人，特別是兵工廠的球迷都明白，「愛」就是這樣一回事，解釋不來的。就算兵工廠永遠沒有冠軍、輸幾多場五：一，以至每次輸球之後傷心、失眠，我們始終都不離不棄。

在倫敦，可以入場看兵工廠是快樂的。球票雖貴，但節儉一點、少食兩次叉燒飯，省下來的錢還可以間中入場看一次半次。如果不是對熱刺、曼聯等重磅戲碼，三十鎊之內也可以買到一張門票。看球賽不像看音樂會，坐在哪裡也沒有太大分別。想刺激一點更不妨坐近做客球迷那邊，可以順便學習local一點的粗口。而每年的三月份是分水嶺，三月之前，球隊還有爭標希望，所以往往一票難求。三月之後，很多手持季票的兵工廠球迷都心灰意冷，不少人放棄入場，將門票放售，所以買票也容易得多。

難得這幾年在倫敦生活，我一直有個心願，就是希望可以親眼目睹兵工廠拿個什麼冠軍，然後上街參加什麼勝利巡遊慶祝一下（我未試過歡天喜地的遊行）。不過要實現這樣的願望，就像想見到香港有民主選舉一樣渺茫。

又是可惡的三月，每五年一次的三月，明明是理論上，跟你和我都至關重要的特首選舉，偏偏我們在整個「選舉」過程都毫不重要。然後經過一輪鬧劇，特首梁振英變成林鄭月娥，六八九（票）變成七七七（票），都是可憐的花名，香港七百多萬人，七七七代表的只是一萬分之一的香港人，難為梁振英還說七七七是「高票當選」。

香港政治的灰暗，就在於不斷倒退，回歸愈久愈無希望。以前我們鬧小圈子選舉，現在則擺明車馬由中央欽點，香港人情何以堪？這個三月不好過，而選出林鄭之後，未來的日子只會更加難過。香港人，還是維園見了。

有選舉就好

在近來的民主世界中，狂人當道，瘋癲如川普都可以成為美國總統。再看看菲律賓的杜特爾特、臺北的柯文哲，還有脫歐推手、將來隨時成為英國首相的強森，都是民主選舉中贏家。這類瘋子最懂得玩選舉這遊戲：不需要每一個人都投票支持，更不用贏取每一個人的心；哪怕得罪半個世界的人，總之有一半人支持自己出來投票，就足夠了。

臺北市長柯文哲最近對準香港，火力全開來說香港的不是。先在泰國公開說「香港很無聊，一個小島有什麼好看」，這句話當然沒什麼攻擊力，香港無不無聊由不得一個柯P可以說了算。隔了幾日加大力度，說香港「連選舉都沒有，有何好羨慕」。這次柯P不再化身《火影忍者》裡面的漩渦鳴人，而是變身成為一拳超人，一句香港沒有選舉，一拳就將香港KO。

習慣失言的柯文哲，就是這麼口臭討厭。但他從政以來就一直如此，從來沒有掩飾過。投票給他的人一早知道，不投票或者投給連公子的人也早必知道，所以才誓死不投柯文哲。他是醫生，但身穿白袍不等於是謙謙君子，一樣可以是無賴之徒。看看之前香港大學副校風波中的幾個主角，一樣有醫生（而且是名醫）；是君子還是小人，大家心照。柯文哲可惡，但也可愛，他有三個子女，三個都在臺灣讀書長大，相比起很多將子女送到外國的政治人物，他雖然口臭，但有說服力。

沒有選舉，沒有什麼好羨慕。換句話說，有選舉是否值得羨慕？絕對值得。最近在利物浦舉行第四屆全球綠黨（Global Greens）大會，臺灣的綠黨和樹黨，兩個關注環保議題的政黨都有去開會。

綠、樹兩黨都是臺灣的小黨，雖然在二〇一六年的立委選舉無功而還，但兩黨在臺灣政治光譜上都非常重要。特別是成立於一九九六年的臺灣綠黨，一路走來，已經發展得有點規模，並在二〇一四年的地方選舉贏得兩席。其中當選了新竹縣議員的周江杰今次也來了英國。他們的目標，就是要成為像其他國家的綠黨一樣，成為可以左右大局的小黨，像德國綠黨，就曾經成為聯合政府的執政黨之一。

兩個政黨的代表都是年輕人，樹黨主席冼義哲才二十四歲，穿起西裝，舉手投足都是活生生的政治人物。差不多兩個小時說自己在澎湖抗爭、參選議會的經驗，此子距離當選只是時間問題。看見這些政治人，都是執著於主流以外的政治議題，像環保、像反核，但從他們的分享中，不難感到他們對未來的希望。而他們的希望，正正扎根於臺灣有選舉這基礎之上。

有選舉，就有當選的希望。柯文哲很討厭，但他這次說對了：沒有選舉，沒有什麼值得羨慕。

鄰舍與仇敵

足球場上的宿敵對決叫德比大戰，像西班牙的皇家馬德里對巴塞隆拿就叫國家德比。上世紀統治西班牙的獨裁領袖佛朗哥將軍，本身是皇馬球迷。他不斷利用政治手段，從影響球員轉會到走入巴塞球員更衣室出言恐嚇，卑鄙手段應有盡有。佛朗哥是要針對巴塞隆拿球隊，希望皇馬可以繼續稱霸聯賽，要戰無不勝攻無不克就總得用點手段。但背後更重要的政治目的，是針對巴塞隆拿的最大民族——加泰隆尼亞人。獨裁者就是喜歡耍這些伎倆，要全面將敵人封殺。

死敵有很多種，像皇馬和巴塞之間勢成水火，主要是政治問題的延伸，後來一些球員之間的來回轉會，像費高像C羅等等，其實都比不上西班牙人和加泰人之間的民族情仇。但不是所有「德比大戰」都如此政治敏感，像英國足球的很多德比，都叫做「同市德比」，純粹是兩隊距離太近，大家覺得對方「篤眼篤鼻」。像利物浦和愛華頓都在利物浦市之內，兩個球場只是隔著一個Stanley Park。《聖經》上說「要愛鄰舍如同我們自己」，還要「愛你的仇敵」，看來在足球場上應用不來，信徒們要多加努力。

一山不能藏二虎，像曼徹斯特的曼聯和曼城，兩隊已經鬥得難分難解，再看看倫敦，就肯定是「七國咁亂」。單單是頂級聯賽，英超的球隊就有五隊來自倫敦。誰是King of London是討論七日七夜都不會有結論的問題，因為即使切爾西是今年的冠軍，我的答案仍然是兵工廠，而其他球隊的擁躉又有他們的答案。倫敦有太多球會，幾乎每個星期都有倫敦德比的賽事，所以我們還會按倫敦不同部分細分死敵的仇恨程度，像兵工廠和熱刺就屬於北倫敦德比。

入場看球，每隊都有各式各樣的歌和口號，可以盡情大叫盡情發洩。不難見到一些入場的英國男人，甚至還未趕得及脫下西裝，平日戴紳士面具戴得太久，五官都繃緊了。球場是他們得到解脫的聖所，一個星期以來在工作在生活上所受盡的各種屈辱與壓力，進入球場之後就可以瘋狂爆粗盡情抒發。九十分鐘之後，場上球員座上球迷，幾萬人都一樣出了一身汗，將壓抑釋放出來。

兵工廠的比賽，無論對手是哪一隊都總會聽到一句口號。其中一個球迷會突然大聲問「提到熱刺你會想起什麼」，然後全場就會一起回答那個代表糞便的S字粗口，然後那個球迷會立即再問第二條問題「提到糞便你會想起什麼」，答案當然是全場大叫熱刺。過去的球季是二十二年以來，熱刺的最後排名首次比兵工廠高，傷透了兵工廠球迷的心，不要說King of London了，就連King of North London之名也保不住了。

兵工廠和熱刺球迷牙齒印非常之深，上年兵工廠做客熱刺，客隊的球迷就將熱刺球場上的一些裝飾標語拆爛。到幾個月之後，輪到熱刺做客，他們的球迷就把兵工廠球場內的廁所洗手盆都打爛，做為報復。

不過，是否兵工廠的球迷和熱刺的球迷都不能夠成為朋友？這也未必。我是兵工廠的標準粉絲，而我的「師傅」、論文指導老師，就是熱刺的球迷，我們相處也很和睦的。不過，和諧相處的方法是，我們還未試過一起討論足球。

把荒謬留給電視劇

考試季節，無論學校門外、走廊通道，每個角落都有學生坐在地上，個個拿著筆記死背硬背，就算明知短暫記憶靠不住，都沒辦法，這是開考之前最後關頭的指定動作，只求心安，不求成效。

所以也有一部分學生，用另外的方法去令自己鎮定，就是走到學校門外，細心用捲菸紙將菸絲捲好，然後點火，抽一支「試前菸」。英國學校不像香港，只要走到室外就可以抽菸抽到天昏地暗，所以在學校大門，如果不是定時清理，菸頭可以堆成山頭。以前在中大，有些抽菸的同學非常可憐，為了一支菸，要走到天臺後門後樓梯，彷彿在做虧心事。記得聽過前中文大學校長金耀基開玩笑說，現在整個中大山頭都禁菸，所以都不回中大了。

一句pens down之後，學生們興奮歡呼，開始討論要如何慶祝如何狂歡。有個學生直接從背包拿出一支威士忌：喝酒去吧！這是英國學生考完試之後必須要做的儀式，沒有喝醉就等於沒有考完試。然後呢？然後要回家了，因為要看電視劇，因為《紙牌屋》第五季剛剛推出。

五年了，凱文．史貝西終於經過選舉選上總統，不過過程當然曲折，到了第五季的第八集才選上總統（這是劇透，但我想沒有人會以為他會輸掉選舉吧）（註：當然也沒有人會想到凱文叔會爆出性侵醜聞，直接緣盡第六季的《紙牌屋》。《紙牌屋》這個翻譯也譯得獨到，什麼權力什麼政治都只是如紙牌一樣不穩不固，一切都如露如電，如夢幻也如泡影，今天可以是總統，明天可以什麼都不是）。劇情裡面，民主黨和共和黨兩邊的候選人，都透過恐襲，試圖製造恐懼來干擾選舉（也確實影響了結果）。選舉與恐襲拉上關係，這種荒謬的劇情，以為只會在電視劇中出現，但即將舉行大選的英國，連月來受到恐怖襲擊，《紙牌屋》劇情似乎應驗在現實之中，至少，為現實世界的政治提供了一個非常陰謀論的解釋。

還未夠三個月就發生三次恐襲，就算這裡的人如何說生活如常、不能恐懼，當走到泰晤士河附近，見到河邊兩旁大廈頂樓的國旗，又下了半旗致哀，你不能不難過、不能不擔心。梅伊在四月宣布提前大選的時候還勝券在握，現在希望在議會取得絕對大多數的如意算盤打不響了。是因為競選工作差勁？是柯賓的工黨留前鬥後？還是恐襲影響了選舉結果？

要為選舉結果做總結談何容易，但觀察英國大選本身也有趣。我的論文「師父」是英國人，專門研究臺灣選舉。他常常都說：臺灣的選舉比英國的都精采太多了。你以為傳統民主國家臨近大選，應該很有氣氛，但走在街上，幾乎完全感覺不到幾日之後會舉行全國最重要的選舉（不用說臺灣，就連香港的選舉也更有氣氛，至少政客的大頭相遍布全街）。我住在倫敦東邊，選區是西漢姆（West Ham），至今僅僅收過三張選舉宣傳單張，從來沒有見過候選人的身影。投票日是星期四，也是上班日，我早上和下午前後兩次經過票站，都見不到有半個選民投票。

想起臺灣選舉的造勢大會、鋪天蓋地的選舉宣傳，英國選舉，it is simply too boring。

從廢墟中復活

英國大選剛剛完結，沒有半點意外，我住的選區西漢姆（West Ham）繼續是工黨票倉。這個選區自一九九七年成立以來，工黨從未輸過。而倫敦本來就是工黨的天下，原因很簡單，倫敦人以倫敦的多元文化為榮，平均學歷也較其他城市高，思想比其他英國地方的人都更左傾。所以在倫敦，更多人支持工黨，更支持希望留在歐盟。

而我就住在西漢姆的史特拉福（Stratford），二〇一二年的倫敦奧運就在這裡舉行，選手村和比賽場館都在這裡。這個地區是所有讀城市規劃、城市設計的人重點研究的地方，因為這裡是城市重建的典範。我讀本科時，曾經來倫敦訪問，去了亞非學院，也到了史特拉福考察。幾年之後，現在於亞非學院讀書，住在這個奧運區，生命好像都早有安排。

史特拉福在奧運前後是兩個世界，以前是一片廢墟，只有放滿垃圾的空地和充滿污水的河流；一場奧運，先將垃圾、污水全部清走，然後大興土木建造場館將社區變成奧運中心；而奧運之後，田徑主場館變成英超球隊西漢姆的主場、游泳場館變成公眾泳池。選手村呢？就變成大型屋苑，我現在住的就是白俄羅斯和約旦運動員入住的那一棟。整個奧運中心成功轉型成為東倫敦的生活中心。

很多城市在奧運之後，只剩下一堆荒廢的場館和非常嚇人的財政虧蝕，美其名是旅遊景點，實際上是食之無味棄之可惜的雞肋；而倫敦的成功，在於奧運之後，將這個地區變成倫敦人生活的地方。據說現在東京也希望可以參照史特拉福的經驗，這就是倫敦的軟實力了。

去史特拉福要搭倫敦地鐵的紅色中央線，有天晚上放學回家，乘地鐵經過利物浦街車站，看到在月臺上有個二十多歲的男人，瑟縮在轉角，帶點慌張地左右打量周圍，然後拿起像錄音機一樣大的電子菸，急急抽了兩口。看他痛苦的表情，就知道菸癮發作實在難耐，彷彿不立即抽一口就會昏掉暈倒似的。

不過，這個慌張的表情其實在倫敦隨處可見，因為見過不止一次，在巴士在地鐵在商場在球場，只要是禁菸的地方，間中都會見到這些偷偷抽一口電子菸的慌張面孔。因為倫敦生活太貴了，抽一根菸也是奢侈品（抽菸朋友說一包菸盛惠十鎊），所以在這裡，他們要麼自己捲菸，要麼抽電子菸。這種電子菸在倫敦特別流行，周街見到也聞到，十次見到抽電子菸的人，九次都會聞到那些甜得離譜的草莓味，就是動畫《玩具總動員》第三集中的奸角、熊抱哥的味道。

有人說，抽電子菸是為了戒菸，但因為太過方便，不單戒菸不成，最後反而愈抽愈多。這些東西最好還是可免則免，無謂自欺欺人。

只能相信百年之後

回香港兩星期，時間不多，除了跟想見要見的人見面、吃幾碗米線車仔麵之外，不能不做的就是逛書局買書補給，把足夠可以看大半年的中文書帶回英國。所以回香港之前，早已經寫好書單，書單上排第一的是章詒和先生的《花自飄零鳥自呼》。

喜歡《最後的貴族》，章詒和透過從她父親章伯鈞的角度，側寫父親的戰友儲安平、羅隆基等人的故事，讀來令人傷感。他們那一輩的知識分子，中了毛澤東在一九五七年的「鳴放」圈套，以為毛所說的「長期共存，互相監督」真有其事，所以放膽批評政府。最後毛澤東耍一招回馬槍，民主派一干人等就換來被打被鬥的下場。

章詒和的新書《花》，開篇第一章就直接寫她父親的故事。章伯鈞是當年中國民主黨派的首領，是民主同盟的領導。章提出在中國應該行「兩院制」，政協和人大分成上下議院，通過法律去保障兩院的否決權，貫徹毛澤東說的互相監督；他又說「中國是可以實行『聯邦制』的國家」，要建立民主。這一系列的政治主張，換來的下場是給人鬥爭、成為頭號大右派，不斷要自我檢查。章在一九六九年去世，直到今天仍然未能得到平反，仍然是「中央級」的右派分子。

民主、聯邦制、分權制衡，這些政治上最最基本的制度，劉曉波在幾十年後的《零八憲章》也提出了。但在中國，主張這些基本的民主自由，永遠都會換來失去自由的悲慘下場。劉曉波死了，遺體燒了，骨灰撒了，連頭七也過了，但他對民主自由的追求不會就此停止。因為劉曉波一輩子就是跟極權政府對著幹。他的一口氣一條命一直拚到最後一刻，分分秒秒都揭示了政權的卑劣。不是嗎？鬥了一輩子都不投降、都不出國，直到臨死一刻才要求離開中國，為的是提出一個卑微的請求，希望妻子可以自由，但國家也不應許。

共產黨說階級鬥爭要年年講、月月講、天天都講；反過來，對於追求民主、追求自由的人也一樣，要年年講月月講天天都講，劉曉波的故事也會像章伯鈞等人的故事一樣，一直傳流下來。

在《花》一書，章詒和說她父親曾經這樣說：「將來胡風、儲安平要成為歷史人物。所謂歷史人物是幾百年後才有定評。」章伯鈞自己最後也加入了這份歷史人物的名冊之上，而幾十年後，劉曉波也成為名單上的新名字。

劉曉波希望自己成為「文字獄的最後一個受害者」，希望可以成為這張長長名單中的最後一人。到了這些歷史人物得到應有定評之時，也就是民主自由來到中國的時候。

這一個晚上

搬了家，新居在大屋的一樓。書桌就在窗邊，望出窗外是車來車往的馬路，就算到了晚上也一樣繁忙。窗邊傳來的是車輛駛在濕滑馬路上的聲音，看看街燈才見到外面正下著雨。倫敦的雨比香港的溫柔，很少聽到滴滴答答的雨聲。

這個時間這種天氣，放了一張唱片，是來自美國的吉他、低音大提琴組合Bill Frisell和Thomas Morgan 的新唱片《*Small Town*》。沒有比這樣下著雨的天氣更適合去聽這張由ECM錄製的唱片了。這間出名錄製爵士樂的德國獨立唱片公司，有評論說他們的音樂是the most beautiful sound next to silence。這樣輕柔的爵士樂二人組合，連敲擊樂的部分也沒有，車子駛過濕滑路面的聲音就成為音樂的襯托。有些音樂就是要在下雨天的時候聽，難怪有些唱片要叫Jazz for a Rainy Afternoon 或什麼Rainy Days Moment。

但音樂再舒服，心情都像外面天氣一樣陰暗。自己本身的研究工作，幾個死線好像串通一樣同時逼近。然後還有每天讀著令人沮喪的香港新聞，種種事加起來，幾乎連呼吸一口氣也覺得困難。

沒有因為聽著音樂、喝幾口酒而覺得放鬆；沒有因為身在外地而覺得跟這個我出生成長的城市有距離；也沒有因為不斷思考而找到答案找到出路。只是覺得無能為力，只是覺得惘然，只是覺得不知所措。香港有遊行，支持因為公民抗命而入獄的人，但我沒辦法去到現場。

有聲音說，法庭的判決是政治檢控，但想到公民抗命的結果就是面對刑責，就像當日反奴隸反戰爭的梭羅不向政府納稅而入獄一樣，法庭的判決不是政治檢控，而是公民抗命的成全。用自身的自由來證明政權的不公不義，是甘願為社會走上這條路的人最勇敢的地方。有時候有太多的聲音、有無數的說話，但我愈來愈聽不懂。

又在網上見到那張寫上已經在囚室，或是等待著審訊的長長名單，裡面好些名字我都認識，都是我大學的同學。在學校裡面打過招呼、在課室坐過旁邊。我們都關心社會關心政治，所以都在大學裡面修讀政治，學習什麼是民主、了解為什麼每個人都應該有參與政治的權利。我跟他們不熟，大家也走上不同的路，雖然最終的指向都是希望為這個城市帶來民主，但顯然他們的路困難得多，而這個社會也必須有他們，才能顯出社會不公義。在社會上永遠有人走著比自己困難的路，只覺得自己太過幸運，同時也沒辦法不問自己為什麼不是自己。

音樂停了，要將唱片反轉換邊，原來已經凌晨三點。望望窗外，雨已經下完，地也乾得七七八八。倫敦天氣乾燥，這邊才剛下雨，停雨不久就會雨過天青變得清涼乾爽。

雨過天青，我們實在不知道什麼時候香港才會雨過天青。

智慧城市與自慰城市

早陣子看了一單新聞，石破天驚，原來政府去年底發表「香港智慧城市藍圖」，要在五年之內將香港變成智慧城市。早前，見過Steve Jobs 的創科局局長楊偉雄出來接受訪問，介紹這份藍圖。

一聽智慧城市，腦裡立即想起電影裡面的未來世界，的士巴士什麼都可以飛來飛去，以後馬鞍山去屯門一飛就到，那就好了；然後又幻想早前在秦皇島試行、震驚全世界的防塞車神器——「巴鐵」（架空巴士下面可以行車）在彌敦道行駛。發完夢，看楊偉雄的訪問，他介紹智慧型城市的其中一項新技術，叫智慧型燈柱。

報導說：智慧燈柱加裝多功能感應器，蒐集車流等不同數據。楊偉雄說：「例如觀塘塞車，到底幾時車最多、塞車原因係乜，部門就可以用數據處理。」楊局長說話總是沒有說服力。

生活苦悶，有些網上的短片我看完又看，原因無他，因為夠好笑夠減壓。像澳門特首崔世安讀普通話是我的all time favourite，而楊偉雄說見過Steve Jobs的一段也是我的收藏之一，每次看都完全不知道他想說什麼。這樣的大叔也可以做創科局長，是香港之哀。

最近一次重看，我有新發現。片段一開始，楊局長這樣說：「你說什麼藍圖緊要，其實呢……」他說藍圖的時候，不斷的耍手擰頭，強烈表達一種予以否定的態度。原來楊局長的創科哲學，從根本就看輕藍圖的重要。而所謂「智慧城市藍圖」是林鄭的施政方向，為什麼還要找理念不同的楊偉雄做局長、處理他根本就認為是不重要的「藍圖」呢？

這個年代當然是大數據的年代，但大數據的用處不是蒐集了就算。楊偉雄說智慧型燈柱可以知道什麼時候最塞車，這是最低能無知的方法解讀數據。楊局長應該不多上網，還停留在買光碟看雜誌的年代。不過，色情網站早已成為很多人的生活必需。像色情網站Pornhub也蒐集觀眾喜好、觀看時間等數據。如果將這些數據交給局長分析，他大概只會總結得到哪個女優最受歡迎。但大數據不是這樣用的，這些網站就比較不同國家觀看影片時間的長度，看看每次看一分鐘抑或半個鐘，然後推斷哪個國家的人體力較好等等。

再給楊局長多個應用數據的例子，現代人不聽CD或錄音帶了，喜歡用串流平臺聽音樂。早前看了Spotify的一個報告，說每年新年很多人都是訂下健身計畫，但通常都撐不到情人節就會放棄。楊局長一定問：為什麼這些音樂平臺可以知道其他人的健身計畫？難道你真的見到我沒有再去做gym？當然不是，因為每年年頭的一些健身

playlist總會有很多人播放，過了一個月左右，收聽的數字就會下跌。從用戶聽音樂的習慣來推斷人的生活習慣，這才是大數據的應用。

楊局長如果以為裝了幾條智慧燈柱就變成智慧城市，其實跟高官們說香港選舉公平公正一樣：是自我安慰，將香港變成「自慰」城市。

恐怖的大臺

香港無綫電視（又稱「大臺」）五十年，新聞及資訊部製作了一共七集的《一路走來半世紀》，要「向大家細說香港在過去五十年一路走來的成長印記」（官方語）。在新一代文化人中我最欣賞的阿果兄，寫過不少大臺節目的精采評論。這任務其實不簡單，今時今日的無線電視節目不堪入目，要完整看完一集《東張西望》已經很難，還要風度翩翩寫下鏗鏘評論就更難了。

《一路走來半世紀》播完最後一集「政制時事」之後，阿果兄早已批評此節目胡亂篩選回顧的事件，「危害記憶，十分危險」。大臺將娛樂大眾的責任變成「愚樂大眾」不是新鮮事，但今次製作的五十年回顧非常亂來，茲事體大，不能坐視不理。

政治一日都嫌長，要將五十年的政制時事回顧濃縮成半小時，是mission impossible。回顧選取新聞牽涉取捨，我們先看看大臺的選擇：節目一開始講廓爾喀兵（加入英軍的尼泊爾人，當年有份駐守香港）、越南船民、抵壘政策和治安變差，一共占了節目一半篇幅；轉眼去到六七暴動帶來民主化、開放地區選舉；然後一九八〇年代有前途談判、九七回歸，回歸後有二〇〇三年SARS導致民怨升溫，但香港人有打不死精神，在內地經濟帶動之下股市愈升愈有，即使埋下隱憂（樓市高企），The best of Hong Kong is yet to come（節目引林鄭語）。這就是五十年的回顧，不消二百字就講完。

喬治・歐威爾在《一九八四》中，國家設有真理部，做改寫歷史之用，不合心意的歷史就悄悄從舊報紙中刪走或改寫；陳冠中寫的《盛世》，小說裡面的中國失去了二十八天，那是嚴打的二十八天，那是不見得光的二十八天。官方重新編寫修改圖書館中的歷史、過濾所有相關的外國新聞之後，大眾都失去了這二十八天的記憶。這些情節都荒謬，幾乎不可能發生，怎可能改寫歷史呢？但在中國新生代當中，又有幾多個知道一九八九年春夏之交的政治風波是怎麼一回事？而要改寫歷史的話，就需要像《一路走來半世紀》中男主持所講的結語一樣，要「一步一腳印」、將歷史一步一步的改寫。

五十年的政制回顧，竟然沒有六四、沒有反國教、沒有雨傘，節目提到的最後一場社會運動是二〇〇三年的遊行，但沒有提及遊行為了反二十三條，而是「沙士來襲，經濟低潮，民怨升溫」。如此節目的製作，我們很容易一句就譴責大臺。但大臺的組成、一個節目的製作，牽涉了由下至上的不同製作人員，他們（大部分）讀過大學他們關心社會他們都是專業人士，他們在製作的時候有討論過，甚至爭取過這五十年的政制回顧，至少應該包括段落開首的幾件大事嗎？八九、六四真的不比廓爾喀兵重要嗎？節目掛的羊頭是「五十年一路走來的成長印記」，但內容卻是腐爛不堪的狗肉。一個電視臺如此公然包裝歷史，其實很恐怖。

恐襲與恐懼

在那天，朱比利線（Jubilee Line）的地鐵直接從綠園站駛到滑鐵盧站，飛過兩站中間的西敏寺站，因為西敏寺站關閉了；而在距離西敏寺不遠的皇家節日音樂廳（Royal Festival Hall），當晚舉行的倫敦愛樂樂團音樂會也取消了，原本演奏的是布魯克納第九號交響曲。車站的關閉、音樂會的取消，都是因為當天下午在西敏寺發生的恐怖襲擊。

來倫敦生活差不多兩年，經過了前年的巴黎襲擊，到去年分別在布魯塞爾、尼斯和柏林發生的恐襲，英國雖然要離開歐盟，但命運跟整個歐洲仍然密不可分，一樣隨時面對恐襲的威脅，所以那種「會在倫敦發生」的預感一直都在。正如英國政府制定的恐怖威脅級別，從二〇一四年起就一直處於「嚴重」（severe）的狀態，是五級之中的第二最高級。

恐襲本身在倫敦都不是新鮮事，不講上世紀七〇至九〇年代、愛爾蘭共和軍在英國發動的激進襲擊，在二〇〇五年的「七七爆炸案」，對於很多人來說，仍然像昨天發生一樣。我每天經過的羅素廣場（Russell Square）地鐵站，站內有一塊紀念牌寫上二十六個遇難者的名字，每次離開車站都會見到。

二〇一七年的三月二十二日、星期四的下午，我如常到學校的博士生大樓工作。這是倫敦最典型的一天，回校之前吃午飯還下大雨，弄得全身濕透，食完那碟燒肉飯之後，走出餐廳已經大好陽光。回到大樓之後，坐低不久就收到老爸傳來短訊，說在新聞中見到倫敦國會附近有人中槍，然後在日本工作的老朋友立即傳來問候，看看我有沒有在西敏寺附近出沒。真是全球化的年代，英國時間下午近三點，遠在香港、日本的家人朋友，都比身處倫敦市中心的我更早知道倫敦街頭發生的事。

打開facebook，西敏寺的圖片、新聞已經洗版，本來都低頭專心工作的研究生也逐漸知道有大事發生，開始有點躁動。但全部人都專注於自己的手機屏幕，一邊看事態發展，一邊報平安。當恐襲發生在自己身處的城市，襲擊當下的一段時間，瀰漫的氣氛都是異常不安。一時說有炸彈爆炸，一時又說有幾名疑犯在逃，信息謠言滿天飛。然後最令人擔心的是我們永遠不知道這種襲擊是單一的行動，抑或是連串襲擊的一部分。二〇〇五年的炸彈爆炸，在亞非學院旁邊、羅素廣場站內爆炸的地鐵，就是當日一共七宗炸彈襲擊的其中一宗。

恐怖襲擊的恐怖在於防不勝防，永遠在發生之前都無跡可尋。不知道會發生在什麼地方、不知道針對什麼對象，亦不知道什麼時候完結。因為未知，所以恐怖。就像美國哲學家沃爾澤，在他七〇年代所寫的經典《正義與非正義戰爭》（*Just and Unjust*

Wars）中，提到關於恐怖主義的部分。他準確地說：恐怖主義的目的，就是「要通過隨意殺害平民百姓，來摧毀整個民族的士氣、削弱人民的團結」。

沃爾澤說恐怖主義就是「隨意的濫殺」（Randomness），而且沒有人能夠「免疫」（immunity），不論是什麼種族、年齡或性別，恐怖分子就是「they kill anybody」。因為「只有沒有目標的謀殺，才能在社會人群之中種下恐懼」。

所以面對恐襲，人應該做，也是唯一能夠做的就是將恐懼壓抑下來，就像倫敦市長簡世德（Sadiq Khan）所說，倫敦「永遠不會被恐怖主義所嚇倒」。面對違反道德良心的恐怖主義，大眾亦一樣要違反常理，不能恐懼。雖然那塊寫著「倫敦就是面對恐襲，都一樣會喝茶、生活的地方」的「地鐵告示板」，後來證實了只是電腦偽造的圖片，但所寫的信息卻最傳神：恐襲當前，馬要照跑，舞亦必須繼續跳下去。不過說來容易，如何做到面對恐襲而不恐懼是一大難題。

在襲擊之後一日，我從學校一直走到西敏寺附近。甫離開學校，就發現在市中心上空的警察直升機比平日多，噪耳的直升機盤旋聲，似乎是在提醒街上的人應該保持警覺。經過唐人街之後走到特拉法加廣場（Trafalgar Square），人潮開始聚集，準備當晚舉行的悼念活動。大概因為是大型集會，手持長槍的警察在廣場周圍都可見，附近還停泊了好幾輛加重防禦裝甲的警車。這裡最有「恐襲後」的緊張氣氛。

從廣場繼續向前走，可以經過白廳（Whitehall）、唐寧街十號等地方。根據記者朋友說，之前一日、在襲擊當天這一帶都封鎖了，不能走近西敏寺。在襲擊發生之後一日，警察仍然禁止車輛駛入特拉法加廣場及白廳附近，但行人就可以徒步走到西敏寺車站前面，遠觀封鎖了周圍的西敏寺國會大樓。我決定離開大街走到河邊，沿著泰晤士河、經過警察總部「蘇格蘭場」一直走到西敏寺，然後轉左行上西敏寺大橋，就是那名恐怖分子駕車衝上行人路亂撞的大橋。橋已經解封，除了在橋上面擺著鮮花、蠟燭，和一些來自世界各地的記者正在「直播」之外，這條在前一天還血肉橫飛的大橋，在襲擊發生剛剛一天之後，一切已經回復日常。我在橋上來回走了一次，我感受到最大的矛盾。

驟眼之下，西敏寺、大笨鐘仍然跟街邊賣一鎊一張的明信片沒有兩樣，都是美麗的河岸。但在泰晤士河兩邊的大廈、政府部門，在整列大廈的頂上，全部都下了半旗哀悼昨天的死傷者。在橋上有牧師在行人路上，帶著幾個教徒，唱聖詩悼念死者。這樣的泰晤士河，似乎不適合遊客拿著相機、舉著勝利手勢自拍。難道這些遊客不知道他們腳踏著的地方在前一天發生了什麼？是因為難得飛越半個地球來到英國、所以老子管他三七二十一必須大影特影？還是為了表現出「面對恐襲而不恐懼」？恐襲帶來的問題是：什麼是人性？

在研究院中，我有一個很好的研究伙伴，都是研究香港和臺灣政治。他是德國人，家鄉在柏林。我好奇歐洲人是如何面對這些恐怖襲擊，是習以為常，還是一樣恐懼？他說：「我更討厭那些右翼政客乘機出來『消費恐襲』，大放厥詞盲反移民政策，那比恐襲更令人沮喪。」右翼思想的興起，是堅信平等自由公義的人永遠不能明白。

他還有德國人很典型、很mechanical的性格：「面對這些恐襲，我不覺得太過受威脅，一來已經有很多的警察，像每次搭飛機都要過五關斬六將才能上機。而且從統計學來說，遇上恐襲的機會其實很微。當然我的一些家人、長輩還是會擔心，就像今年的聖誕節沒有到聖誕市場。」

我當然立即幫他touch wood、大吉利事。但這同時是我們的無奈，既然恐襲無跡可尋，亦即無可避免，唯有相信我們一直都相信的統計學，如果我們不相信人生之中買六合彩可以中頭獎，也不妨以同樣理由相信倫敦、相信歐洲仍然安全。

圖亭最有型

六年以來、頭六季的《冰與火之歌：權力遊戲》（*Game of Thrones*）一直都說Winter is coming；到了第七季，winter不再coming，因為winter is here，寒冬終於來了。

剛剛播完最後一集，Winterfell（臨冬城）的大家姐站在城牆說：「When the snows fall and the white winds blow. The lone wolf dies, but the pack survives.」中文翻譯不是什麼「一股白風……」，應該是：萬眾齊心、團結就是力量。西方神劇（網上見到評論形容為「史詩式神劇」），一樣講老土大道理。

不止抵抗寒冬要互相緊靠，建造好的社區、解決社區問題，也一樣應該聚集眾人意見和力量，以bottom-up的方法建設社區。因為只有住在那個地方的人，才會知道那個地方需要什麼。所以領展管轄的那些公共屋邨商場，是最差社區的示範：趕走小鋪、引入一式一樣連鎖店，表面上帶來系統的管理，實際上卻不符合居民的實際需要。

好的社區沒有特定指標，不會因為有一間連鎖麻辣米線店、一間連鎖大藥房，就成為社區典範。每個社區都住著不同的人，所以每個社區都應該有不同的需要，不可能一式一樣。當社區慢慢失去獨特性，也代表人和社區的關係開始脫離。將軍澳跟屯門馬鞍山，慢慢失去分別。

最近英國《衛報》有一則報導，介紹倫敦南面的圖亭（Tooting），這個地方在旅遊書《孤獨星球》最近選出的十個coolest neighbourhood（最有型社區）中，榜上有名（排第十）。本身是圖亭人的倫敦市長簡世德分享了這則新聞，他接替Boris Johnson成為市長之前就是圖亭選區的國會議員。簡世德一直都對自己是圖亭人這身分而自豪。

專門研究城市規劃的黃宇軒也分享了這新聞，並且問了一個問題：「我們的行政長官覺得自己來自哪兒呢？會知道neighbourhood 的魅力何在嗎？」其實大家都知道答案：不知道怎樣用八達通和不知道哪裡買廁紙的行政長官一定不知道什麼叫好的社區。林鄭月娥常常出訪倫敦，不如抽點時間到圖亭走一個圈？

在倫敦生活久了，習慣這裡的生活節奏之後（對，很慢很慢……），就會發現這個地方的美好。因為這個城市什麼都有，是名副其實的國際大都會，倫敦的多元化、多樣性（diversity），讓所有在倫敦生活的人都感覺到一種莫名其妙的自然。明明很多人都是移民、都離鄉別井，隔籬鄰舍都是不同種族膚色的人，卻多多少少在倫敦找到一種家的感覺，找到屬於自己的一個社區。

圖亭就是一個濃縮版的倫敦，將多元化發揮得淋漓盡致。跟倫敦人提到圖亭，大概會想到三件事：泳池（全英國最大室外泳池）、簡世德，還有市集。

圖亭有兩個市集（Tooting Market和Broadway Market），在裡面可以吃到世界各地的食物，有中式點心也有日本刺身，有牙買加燒雞（Jerk Chicken）也有英國手製啤酒，什麼地方菜式的餐廳都在市場集合，而且全部正宗地道；市集內有找換店，螢幕顯示巴西、加納、拉脫維亞、菲律賓等等地方貨幣的匯率；還有不同國家不同地方的雜貨、服裝、盜版影音碟、按摩店等。一句到尾：要乜有乜。

我知道，去過倫敦但未去過圖亭的人一定會問：那有什麼特別？倫敦其他更有名的地方，像東面的Brick Lane、南面的Brixton 也一樣多元化，一樣有market，為什麼圖亭可以躋身《孤獨星球》（*Lonely Planet*）世界十大社區？

圖亭的獨特之處，在於這個地方隨處都可以找到由下而上（bottom-up）建造社區的成果。聽起來有點抽象，我舉幾個例子你就會明白圖亭的美好。

圖亭兩個市集有很多好餐廳，也有喝咖啡喝啤酒的地方，唯獨沒有一個喝紅酒的地方。兩個住在圖亭的居民，覺得圖亭竟然沒有一個喝紅酒的地方實在說不過去，所以在Kickstarter發起眾籌，計畫籌集五千鎊，希望成立一間有紅酒喝、有紅酒賣、有飯食的地方。

結果呢？成功籌了八千七百鎊，圖亭的三合一紅酒店順利開張。圖亭人還利用眾籌，開了一間有live music的咖啡室和一間喝茶的專門店。當社區有所缺欠的時候，就集眾人之力，將欠缺的補上。

《孤獨星球》選的是the coolest neighbourhood，不是旅遊景點，而是日常生活、鄰舍交往的社區，所以圖亭的獨特也不單體現於飲飲食食。離開市集走大概五分鐘，就會走到一間教會，這教會每星期五都會借出場地，給機構Be Enriched辦免費派飯活動（Canteen Project），教會禮堂化身食堂。

派免費飯這回事在倫敦本身不算獨有，我學校亞非學院的門口，每日下午（星期一至六）就有印度教團體派飯，每天都大排長龍。雖然圖亭的派飯一星期只有一日，卻更加特別。

訪問了負責這活動的Abigail，她本身就是圖亭人。她說這個派飯活動沒有宗教背景，純粹服務這個社區。他們每個星期煮的食物都不一樣，因為他們的食材是由鄰近的大型超級市場所捐贈，所以整個計畫都是社區自給自足。這計畫最近發起眾籌（圖亭的人真的很喜歡、很支持眾籌），希望機構可以有屬於自己的地方，不必倚賴教會的場地。一個多月時間，籌了一萬六千三百鎊，達到最初訂立的目標。

Abigail說，錢已經足夠了，現在的最大任務是尋找一個適合的地方，希望可以每星期多辦幾次派飯活動。住在圖亭的人，都像簡世德，非常強調自己的圖亭人身分。而《孤獨星球》這次的選擇，將Tooting發揚光大。在圖亭長大、在圖亭工作的Abigail

說，這裡的人無論什麼背景都好，都可以找到歸屬感。

所謂社區，就是關於歸屬感。因為覺得自己屬於這個地方，才會願意參與眾籌；當眾籌計畫落成之後，在社區中見到自己有份參與、有份貢獻的成果，又會鞏固自己和社區的關係，更希望為社區出力。這是簡單易明的良性循環，也是一個社區的應有之貌。

毛澤大道東的轉型正義

每年北京兩會總有不少驚天地泣鬼神的建議提出，今年重頭戲當然是習近平說「形成過程充分發揚民主」的修憲案，將任期限期廢除。獨裁政權總是喜歡將民主兩隻字掛在嘴邊，如果《一九八四》裡面的真理部要裝修的話，我會建議在外牆上的「戰爭即和平、自由即奴役、無知即力量」之下，多加一句「獨裁即民主」。至於兩會中，另一個非常吸睛的建議則由政協佘德聰提出，他說要在適當時候，將殖民政府在香港留下的符號去除，簡單來說要將很多街道、建築物等的名稱換掉。如果建議得到接納的話，那麼滲透在我們日常生活之中的很多東西都要改變，就像皇后大道東，像伊利沙伯中學，像瑪麗醫院，這些名稱都帶著濃濃的殖民政府色彩，應該要「適時消失」。

早兩天，我在臺北去國家音樂廳聽音樂會，走到中正紀念堂，大門口上的牌匾，用上威風凜凜的王羲之字體寫著「自由廣場」四隻大字。不過，這個牌匾在大約十年前寫的並不是「自由廣場」，而是「大中至正」。我立即想：如果將來政府要寫一份有關街道建築物改名的計畫書，實在不能不請教一下現正保外就醫的臺灣「改名達人」——陳水扁，參考一下臺灣的改名經驗。因為陳水扁除了擅長貪污之外，還是一支特效「獨裁清潔劑」，非常擅長將前朝遺留下來的符號痕跡全部清除。

要了解臺灣經驗，就要先回顧一下臺灣政治。在陳水扁執政期間，民進黨掌總統府，而以國民黨為首的藍營則維持立法院多數、控制國會，形成分裂政府的局面。兩個政黨在社會不同戰線都針鋒相對，除了停建又復建的核四之外，還包括「去蔣運動」，而此運動的其中一場經典戰役就發生在中正紀念堂。中正紀念堂在一九八〇年建成，為的是紀念前獨裁總統蔣介石。時間一轉到了二〇〇七年，陳水扁在執政後期，決定將中正紀念堂改名為「國立臺灣民主紀念館」（門牌也換了），而對開廣場的門口牌匾也從「大中至正」改為「自由廣場」，但整個改名過程都沒有經立法院通過（簡單來說，過程沒有習主席講的「充分發揚民主」），因此國民黨也在立法院凍結了民主紀念館預算。但有政黨輪替的民主政體就是可愛，馬英九上臺之後，二〇〇九年又將民主紀念館改回原名，所以現在又變回中正紀念堂，不過「自由廣場」的牌匾就繼續保持。

但叫得「改名達人」，陳水扁的戰績當然不止於中正紀念堂。早在一九九六年陳水扁做臺北市長的時候，他就將當年叫做「介壽路」的遊行大道改成今天的「凱達格蘭大道」；二〇〇六年，他也將「中正國際機場」改為「桃園機場」。不過，要完全將蔣介石的身影除去實在談何容易，今天臺灣還是有很多的「中正××」、「介壽

××」，還有很多很多的蔣公銅像（我每天都經過的中央研究院門口就有一尊）。所以蔡英文政府在最近也通過了「促進轉型正義條例」，繼續去蔣。

政體轉型，由獨裁政權（authoritarian regime）轉型至民主政體，除了要適應新的制度之外，還包括怎樣面對轉型之前的獨裁歷史、並追究責任，此過程為之「轉型正義」（transitional justice）。簡單來說，以往在獨裁政權之下有很多人遭受打壓受迫害，這些受害者終於等到政權轉變的一日。這是他們命運改變之時，也是風水輪流轉之日，就算獨裁政權的人不必十倍奉還，至少也要將獨裁政權的影子除去，否則，這些受害者仍然每天都見到迫害他們的獨裁者銅像，仍然每晚都發噩夢，那麼轉型對他們又有何意思？

以臺灣為例，最經典的當然是發生在一九四七年的「二二八事件」，國民政府殺害了很多臺灣本省人，獨裁的國民政府以往一直隱瞞真相，要達到轉型正義，就要盡力查明歷史真相，這也是轉型之後政府必須處理的事。但如何正義、如何大條道理都好，也總有人會反對「改名」，在臺灣的例子，反對的人就是國民黨。而反對原因包括會花費很多、獨裁者有過亦有功、應該保留歷史等等。但簡單來說，政權交替帶來社會上街道、建築物等等的改名總是在所難免的事，而很多時也是轉型正義的一部分。

那麼要在香港街道改名又是否如此大條道理呢？香港回歸之時，強調的是「一國兩制高度自治」、「五十年不變」、「馬照跑、舞照跳」，黑字白紙上的基本法第五條說：「香港特別行政區不實行社會主義制度和政策，保持原有的資本主義制度和生活方式，五十年不變。」回歸二十年之後，現在中央的態度不再是強調高度自治，而是要高度整合，將香港跟內地省市接軌同步。

想像一下：如果香港真的能夠落實基本法、有最初正常人想像的雙普選、保持回歸之初的高度自治，那麼香港人一定很感激祖國，那麼香港人又怎會介意將皇后大道東改為毛澤大道東？但現實是香港的一制跟內地的一制變得愈來愈模糊，再過幾年之後，香港人所剩下的就可能只有街道的名稱可以用來體現一國兩制，我們將會力挽狂瀾的保住街道上的牌子。人家臺灣改名去蔣是達至轉型正義，而我們改名的話，卻是體現轉型不正義、擁抱獨裁。

香港人，哀哉！

沒得救了

大數據的年代，其實是赤裸裸的年代。不管你躲在房門之後、瑟縮在牆角之下，你以為身邊沒有人就不會有人知道你在網路的足印，一切都是自欺欺人。

因為你的一舉一動，都記錄在案。在facebook創辦人祖克柏出席美國國會聽證會之後，發酵了幾個月的「劍橋分析」（Cambridge Analytica）事件，終於得到很多人的關注。八千七百萬用戶的個人資料外洩、給俄羅斯用來操控美國的選舉，甚至有媒體（英國電視臺Channel4）調查發現，「劍橋分析」曾經「參與」過世界各地超過兩百場選舉。忽然之間，我們發現所謂個人私隱原來是如此公開。

不過這次facebook洩密風波，最受關注的可能不是洩密本身，而是祖克柏在聽證會上和國會議員的一舉一動。當祖克柏坐在國會之中，就如電影《攻敵必救》中絲隆小姐的聽證會一樣給議員質問，傳媒最關心的是這位平時只穿灰色T恤和牛仔褲的三十三歲年輕富豪，如何請來專業團隊替他訓練對答，好讓這個不擅辭令的哈佛「畢業生」在國會上對答如流；媒體亦注意他的一身打扮，那套深色西裝配上「facebook blue」的領帶，代表他如何「從矽谷走出來」、如何尊重國會的規則。祖克柏肯定看過黃子華的《洗澡》，「做人沒公關？食——啦」。

關心完這些之後，我們終於將重點放在聽證會上的對答，我們感興趣的是那些耆英議員跟祖克柏的對話。就如《尋秦記》一樣的穿越時空，要麼是祖克柏回到過去，要麼是耆英議員誤闖未來。整個對話裡面唯一可以肯定的是：世界是你們的、也是我們的，但肯定不是他們那一代人的了。

我們常常都說無忘初衷，祖克柏的衣著、老人家的脫節都肯定不是初衷。那麼這次facebook事件的發生，我們身為使用者應該關注什麼？今次事件對facebook、以至網路的使用有什麼影響？主流媒體大肆攻擊祖克柏及其公司的監管不力，就如出賣用戶的信任。《紐約客》（*The New Yorker*）的專欄作家Stephen Marche鬧得兇狠，文章劈頭就說：「Mark Zuckerberg has spent most of his adult life apologizing, but he hasn't managed to improve much.」《華盛頓郵報》也列出了他從二〇〇三年創辦facebook前身——Facemash時的「第一次道歉」，一直到現在這十四年來做出過的所有承諾和道歉。

上網是我們的習慣，但上網不看條款也一樣是我們的習慣。之前替一個網站進行翻譯，需要翻譯一大堆使用條款，當中最常提到的一句，就是「當你繼續瀏覽網站，就代表你同意以上的條款」，而那些條款很多時都寫明會使用、並且儲存你的個人資料。而魔鬼所在的地方，不是那些網站讀取、儲存我們的資料，而是數據放到網路上，就等於開放給駭客隨意盜用，這才是危險所在。

這次爆了一次小風波，以為可以引起人關注網路安全問題，但全世界的人似乎還是更關注祖克柏先生的衣著和表情。我們這些普羅大眾、嚴重依賴網路的人，沒得救了。

第一步

贏了金像獎最佳兩岸華語片的《大佛普拉斯》，剛剛出了DVD，看過這齣片的人可能都會忍不住買回來，再看一次。未看過的人更要買來看，因為這片非看不可。好的電影就是這樣，不在於製作成本的多少，而是會否令觀眾在看戲之後覺得若有所思、覺得「有點什麼」縈繞不散，《大佛》就是這樣的一齣片。

好的電影就是好的藝術，而好的藝術總會擔當起思考人文、關心社會的責任。

早陣子看臺大教授花亦芬的新書《像海洋一樣思考》（花教授專研歐洲，特別是德國歷史，上一本《在歷史的傷口上重生》寫德國在二戰後所經歷的轉型正義，同樣精采），其中一章談到藝術，比較著名導演萊芬斯坦（Leni Riefenstahl）和攝影大師桑德（August Sander）的成就。萊芬斯坦拍過（剪輯）電影史上最重要的其中一部電影——《奧林匹亞》（*Olympia*），記錄了一九三六年的柏林奧運；而桑德就拍攝過一輯經典的照片、名為「二十世紀的人」（People of the Twentieth Century），照片記載的都是社會各個階層的人，現收在紐約現代美術館（MoMA）。

萊芬斯坦和桑德都是攝影界的大師，但比較之下，萊芬斯坦的作品永遠都在歌功頌德、宣傳「力與美」的表現（即使她不是納粹黨人，卻為納粹黨服務），鏡頭只會向「美、好、強、大」自動對焦；但桑德的鏡頭，卻總是捕捉著社會的一切，特別是關注給主流論述所忽略的底層。Susan Sontag說他的攝影機是「為歷史進行記錄」（書裡有桑德的作品，相裡面的人的表情、眼神會令你覺得「有點什麼」）。

《大佛》是一齣以「低端人口」視角所拍攝的影片，導演將我們放進一個社會低下階層的人的眼睛之中，在一百分鐘裡面走一趟我們沒有經歷過的旅程，看看我們沒有想像過的社會究竟是怎樣。如果這齣電影是我們走入社會底層的眼睛，那麼影片裡面的行車記錄儀就是兩位主角——肚財和菜埔去觀賞我們世界的眼睛了。他們原來是如此跟我們的「現實」脫節，而我們原來又如此不了解他們的生活。最後，這電影是一面鏡子，照出我們平時沒有見到的社會和自己。好的電影跟好的照片一樣，就是將社會上每個角落都記錄下來。

然後呢？下一步應該怎樣？每個人都應該嘗試思考如何改變社會，但就在思考下一步之前，直面問題、直面一些社會上我們不願意相信、更不願意看到的陰暗是必須的第一步。因為，知道社會有低下階層和知道低下階層的生活是如何，是徹頭徹尾的兩回事。通過電影、通過藝術可以了解得到，但其實只要走入社會也一樣可以看見。在「劏房」生活的人、在麥當勞裡面的「麥難民」，社會的差異其實充斥著每個角落。我們真正見到嗎？那些有錢有權有勢的人又有真正見到嗎？

可惜我聽不懂

這個星期本來打算寫世界盃，因為終於難得等到四年一度的足球盛事，可以拿正牌在寫文化的專欄談足球。不過寫稿的時候，梁天琦剛剛被判囚六年，就沒有心情談其他事了。

我跟梁天琦只見過一面，是去年在倫敦一場講香港民主發展的活動，那天梁天琦和陳方安生都是講者，德國學者馬寶康邀請我出席。活動之前，我跟梁在大堂碰到，簡單互相介紹，我們都不怎麼認識對方，只知道各自都有著一些共通點：兩個香港年輕人，都是九〇後，各自用著不同的方法關心香港政治，各自都為這個城市感到悲觀、覺得絕望。

對於法官判刑是輕是重、對於梁天琦是對是錯，以至對於在不公義的政權之下革命是否合理，這些問題隨著梁天琦給定罪、被判刑之後，我愈來愈不懂得回答。就像有無數的說話，可惜我聽不懂了。

我的政治立場保守得很，大概就是典型到不得了的「大左膠」，堅定不移相信和平理性非暴力。一直以來，覺得不公義就會走上街頭，但也僅此而已。一方面可以說是為了爭取民主，但更大方面只是為了向自己交代，純粹表達自己的無力。就是這樣不斷畫地為牢，香港也慢慢走到了愈來愈威權的方向。

很多人將兩年前的旺角暴動跟五十多年前的六七暴動比較。談到六七暴動，其實更小心，甚至是更正確更公道的說法，應該是「反英抗暴」。因為一方面當時是文革風潮的年代，更是反殖的年代。光是「反殖」本身就為「暴動」提供了一定的正當性，因為那可以是一種愛國的體現。然後幻想一下，如果當年放炸彈、擲汽油彈的人，真的把殖民政府趕走了，那將會是一場充滿民族熱血的故事；所以即使現實上這個幻想沒有實現，我們至少在現在回看歷史的時候，把這段歷史說成「反英抗暴」。

回到「旺角暴動」，擲磚打警察爭取民主，法律上不容許，大部分的香港人都不接受。但如果我們同樣去幻想，幻想那場暴動成功了，然後香港從此變成民主，那場暴動就會變成革命，而擲磚的人就會像歷史一直以來的其他革命一樣成為民主英雄。在這場運動的時候，我看著電視直播（人還在英國），如果當時真的成功了（哪怕實際上如何不可能），我和其他香港人就可以得到民主，那位做出判刑、稱這場運動「背離文明社會的理性討論原則」的法官也可以得到民主；但那場運動失敗了，難道我就可以因為他們沒有成功，而稱他們為暴徒？難道一切都是如此成王敗寇？我只是愈來愈不懂得回答這些問題。

六年刑期是否合理我不懂得答案，我只知道六年之後就連卡達世足盃也打完了，我只知道六年之後梁天琦和我都一樣，都已經不再是年輕人了。

在判刑之後，建制派的立法會議員葛珮帆立即衝出來說梁天琦「罪有應得」，真的是這樣嗎？

後記

這本書能夠出版，需要感謝很多人。容許我像那些每年站在頒獎典禮上的明星歌手一樣，花點時間，把要感激多謝的人都列出來。

首先是父母和姐姐一直以來的照顧，讓我可以無後顧的選擇前路方向，即使過去幾年大部份時間都在國外，也一直默默支持。同樣感謝在文中出現了很多次的V，相隔半個地球而維繫在一起，這是一點都不容易，謝謝你的陪伴。

感謝為我作序的馬家輝博士和張鐵志先生。鐵志是我敬重的前輩，他政治學的訓練、對搖滾音樂的精通，以及對港、台文化的了解，都是我學習的對象。我進入大學之後就認識馬博士，從跑去旁聽他的課開始到慢慢成為朋友，我都在他身上學習和見識了很多，他是我在讀書寫作這路上很重要的人。

從散文結集成書，時報出版社編輯羅珊珊小姐的努力是至關重要，她的意見和鼓勵讓我初次出版也可以感到踏實。同時感謝曹淩志先生為書名所提供的意見。說來慚愧，從小時候參選學生會的時候想內閣的名字、到想筆名、書名等等，起名起題一直都是我的弱項。

能夠趕在二十五歲的時候出版第一本書，當是人生一個里程碑。而寫作這事上，不知不覺也有八、九年時間，能夠長年累月跟一些編輯前輩合作是我的榮幸，像黎佩芬小姐、袁兆昌先生、彭月小姐、鄧錦萍小姐、楊焜庭先生等等，特別是黎佩芬給我很多的空間和機會，可以寫各種各樣的題目。

還有一些老師、前輩、朋友，在不同崗位、不同時候都給我很多的支持和鼓勵，包括羅達非博士、張必瑜博士、馬嶽教授、周保松教授、林道群先生、葉健民教授、袁瑋熙教授、黃宇軒博士、傅佳明先生、曾百慧小姐、何玉芬博士、邵頌雄教授、蕭文慧小姐、馮景行先生、梁家宜小姐，還有在電台一起工作過的同事們。我知道掛一總會漏萬，如有遺漏，我必定親自道謝。

二〇一九年三月

新人間叢書282

孤獨課

作　者—亞　然
執行主編—羅珊珊
校　對—吳如惠
封面設計—蔡佳豪
行銷企劃—王小樨
發 行 人—趙政岷
出 版 者—時報文化出版企業股份有限公司
10803臺北市和平西路三段二四〇號四樓
發行專線—（〇二）二三〇六六八四二
讀者服務專線—〇八〇〇二三一七〇五　（〇二）二三〇四七一〇三
讀者服務傳真—（〇二）二三〇四六八五八
郵撥—一九三四四七二四時報文化出版公司
信箱—臺北郵政七九～九九信箱
法律顧問—理律法律事務所　陳長文律師、李念祖律師
印　刷—盈昌印刷有限公司
初版一刷—二〇一九年三月二十九日
初版二刷—二〇一九年五月三十日
定　價—新臺幣三二〇元

時報文化出版公司成立於一九七五年，
並於一九九九年股票上櫃公開發行，於二〇〇八年脫離中時集團非屬旺中，
以「尊重智慧與創意的文化事業」為信念。

孤獨課 / 亞然著. -- 初版. -- 臺北市 : 時報文化, 2019.03
面； 公分. --（新人間叢書）

ISBN 978-957-13-7749-0（平裝）

855 108003908